Ronso Kaigai
MYSTERY
285

ウィンストン・フラッグの幽霊

Amelia Reynolds Long
4 Feet in the Grave

アメリア・レイノルズ・ロング
赤星美樹［訳］

論創社

4 Feet in the Grave

1941

by Amelia Reynolds Long

目次

主要登場人物

キャサリン・パイパー（ピーター）……ミステリ作家。文芸愛好会〈羽根ペン〉倶楽部の会員
アルシーア・レイバーン……〈羽根ペン〉倶楽部を立ち上げた一人
ヘレン・ブレーク……〈羽根ペン〉倶楽部の元会員。〈幽霊の館〉の住人
ビル・ブレーク……〈羽根ペン〉倶楽部の元会員。ヘレンの夫
モード・タトル……〈羽根ペン〉倶楽部の会員
ケイト・ハットン……キャサリンとアルシーアの車が立ち往生しているのを助けた女性
ウィンストン・フラッグ……石油事業で財を成した大富豪。〈幽霊の館〉と呼ばれることになった屋敷の所有者
ジョン・ブランドン……ウィンストン・フラッグの秘書
キャロル・ブランドン……ジョン・ブランドンの妻
グレゴリー・ノーラン……〈幽霊の館〉の近所に住む役者
スタンリー・モートン……〈幽霊の館〉の近所に住む青年医師
ブーン……フィラデルフィア警察の殺人捜査課の巡査部長
エドワード・トリローニー（テッド）……フィラデルフィア郡検察局の犯罪心理学者
リン・テンプルトン……弁護士。エドワード・トリローニーの学生時代からの友人
トマス・グリーアソン……フィラデルフィア郡検察局の検事

ウィンストン・フラッグの幽霊

第一章　立ち往生

聖書のどこかに、人は「苦しむために生まれ　火の粉は高く舞い上がる」（「旧約聖書」ヨブ記第五章第七節参照）という一節がある。さて、わたしは近ごろ、こんなふうに思い始めている。それを言うなら、わたしは殺人に苦しむために生まれてきた、と。この殺人という語は殺人そのものを意味する名詞であり、わたしが人を殺すという動詞の意味ではない。女だてらに好き好んで血生臭い探偵小説なんか書いているんだから、さもありなんってところねとアルシーア・レイバーンは言う。あながちまちがっていないだろう。それはともかく、わたしは断言したい。災難は同じ人に二度降りかからないと言った先人は、現実をちっともわかっていない。われわれ文芸愛好会の仲間のためにアルシーアが善かれと思って計画した週末のお泊まり会が、殺人パーティーとなってしまった今年の夏の事件（論創社、論創海外ミステリ二六三『〈羽根ペン〉倶楽部の奇妙な事件』参照）にとどまらず、今や殺人パーティーは恒例になってしまったらしい。

　今回の事件の発端は、ヘレン・ブレークがハロウィーンを一緒に過ごそうと〈羽根ペン〉倶楽部の会員たちを家へ招いたことだった。ヘレンと夫のビルはわれわれのささやかな文芸愛好会の初期からの会員だったが、一年ほど前にビルがフィラデルフィアへ転勤になり二人は倶楽部を離れた。それ以降は、会員のほとんどが二人とときおり連絡を取って親交を続けていた。

　招待状はごくありきたりのものだった。ギラギラする真紅のインク——血に見せかけているのは明らか——で書かれていたせいで、かしこまった文面が台無しで、いかにもヘレンらしかった。

「ミスター・ウィリアム・ブレークの妻であるわたくしは、一〇月三一日からの週の後半、キャサリン・パイパー様御一行を我が家である〈幽霊の館〉にご招待いたしたく。心霊現象、怪奇現象、お約束いたします。

折り返し返事されたし。ご不明な点はなんなりと」

よくあるハロウィーン・パーティーの、よくある招待状にすぎなかった。ここに不吉な前兆はこれっぽちもなかったのはまちがいない。しかし、霊廟の中で不気味な明かりが灯り、あったと思った死体が消え、そして言うまでもなく、八人もの目撃者がいるなかで、人の手の届かない場所にあるピストルから弾が放たれて男性一人の命が奪われてしまうのをこのとき知っていたら、果たしてわたしはまっしぐらに机へ向かい、招待をお受けしますと返事を書いただろうか。

果たしてわたしは、と言ってはみたけれど……招待を断るはずがなかったのは自分でもよくわかっている。

この日の夕方、アルシーア・レイバーンが電話をよこした。

「ピート、ヘレン・ブレークからのハロウィーンの招待は受ける？」とアルシーアは訊いてきたが、わたしが答える前に、「ぜひ受けてちょうだい。行ける人がほとんどいないみたいなのよ。今のところタトル夫人と、ジョージとわたしと……あと、もちろんジョージのお姉さんのエリザベスもね。ちょうど、うちに泊まりに来てるところだから」と言った。ジョージとはアルシーアの夫だ。

「ええ、行くつもり」わたしは答えた。「ヘクターがほんのちっちゃな子イヌだったころ以来、本格的なハロウィーン・パーティーに参加していないから。それに、ヘレンの新居もまだ見てないし」

「あら、まだだった？　だったら、ぜひとも見ないとね！」アルシーアはすかさず、事細かに説明を始めた。「クリスタルガラスのシャンデリアに、大理石の窓台……応接間に立ってるとニューヨークのグランドセントラル駅にいるのかと思うほどなんだから。ヘレンが言うには、荘厳なお屋敷に見合う生活をしようと思うと、ちっとも気が休まらないんですって」

「そんなお屋敷だったら、誰だって気が休まりそうにないね」と、わたしは感想を言わせてもらった。「ところで、どうしてヘレンは自分の家を〈幽霊の館〉と呼んでるの？」

アルシーアは少しばかり質《たち》の悪い秘密でも明かすように、声の調子を落とした。

「道の向こうに共同墓地があるの」彼女は理由を教えてくれた。「それと、そのお屋敷の持ち主が一年くらい前に亡くなってね、そのあと間もなくヘレンとビルが移り住んだのよ」

「それじゃあ、持ち主は道の向こうに引っ越していったってわけね」わたしは不躾《ぶしつけ》な軽口をたたいた。

「何もかもがわたしたちのハロウィーンの日の訪問にうってつけの雰囲気を演出してくれそうね」

わたしの予想は大当たりとなった。まさに、うってつけの雰囲気を演出してくれたのである。

フィラデルフィアへは自分の小さな車でなく、アルシーアとジョージとジョージの姉のエリザベスの車に同乗させてもらって行くことになった。ところが出発当日の朝になってアルシーアがまた電話をよこした。

「ピーター、ちょっと困ったことが起こって」アルシーアは開口一番、動揺した口調で言った。「とっても申し訳なくて言いだしにくいの。気を悪くしないでくれたらありがたいんだけど」

「いったいどうしたの」わたしは訊いた。アルシーアがわたしをピートでなくピーターと呼ぶときは、とんでもなくまずい状況になったか、あるいは、少なくとも本人はそう思っている証拠だ。

「ジョージのお姉さんのエリザベスがね」アルシーアは説明し始めた。「というより、エリザベスの旦那さんなんだけど、今朝、電報が届いて、急性盲腸炎で病院に運ばれたらしいのよ。エリザベスったら、無理もないんだけど慌てふためいちゃって、それで、今すぐ旦那さんのところへ飛んでいきたいってわけ。でも、エリザベスの住んでるあのちっちゃな町の電車の事情はわかるでしょ。それで、ジョージが車で家まで送っていくって話になって。でも、そうなるとジョージが車を使うってわけで、ジョージが車を使ったら、わたしたちは使えないってわけなの。だから……ピーター、気を悪くした?」

「なによ、悩みはたったそれだけ?」わたしは言った。「なんてことないじゃない。あなたとわたしでマシンガンに乗ってフィラデルフィアまで行けばいい」マシンガンとは、わたしの車の愛称だ。エンジンをかけたとき決まって出る轟音に由来する。「ジョージはエリザベスさんを家まで送り届けたら、今夜遅くか、明日《あした》の朝に自分の車で来ればいいじゃない」

アルシーアはわたしの提案をありがたそうに受け入れた。そして当初の予定より一時間だけ遅れて、わたしたちは周囲に爆音をまき散らしながら出発した。きっと近所の人たちは、アメリカ陸軍がレイバーン家の前で軍事演習を始めたと思ったにちがいない。

わたしたちの住む町からフィラデルフィアまでは普段なら車でわずか二時間ほどだ。そして二つの困難に遭遇しなければ、難なく二時間で到着できるはずだった。一つ目の困難は、四分の三ほど進んだところで主要道路の閉鎖により迂回路を行かなければならなくなったこと、二つ目は、澄み渡った空になんの前触れもなく入道雲が立ち昇り、迂回路に入るとほぼ同時に雷雨に見舞われたことだった。迂回路に雷雨とくれば、目の前に現れるのは一筋の川のように伸びる極めて厄介なぬかるみだ。政治運動の次に抜け出すのは難しい。残念ながら、マシンガンは重馬場《おもばば》が得意でなかった。氾濫する黄河のミニチュア版のようになった道を四苦八苦しながら一〇分ほど勇敢に突き進んだが、ついに悪戦苦闘をやめ、不満そうな音を出し、えんこした。

アルシーアが不安な目をこちらに向けた。

「どうしたの」彼女は言った。

「ぬかるみの中の穴にはまった」と、わたしは現状を報告した。「バックで出るしかないな」ギアをすばやくバックに入れ、アクセルを力いっぱい踏んだ。マシンガンは二、三度、酔っぱらいのしゃっくりのような音を出して反応したが、それきりだった。

「だめだ」憎々しい口調でわたしは言った。「はまったばかりか、中にまで水が入ってきた」

「今の音から察するに、ただの水じゃなさそうね」アルシーアが思うところを言った。「どうする?」

「どうにもこうにも、ここに座ったままノアの洪水が収まるのを待つか、誰かが通りかかって近くのガソリンスタンドまで乗せていってくれるのを待つか」

さて、座って待つこと、およそ一時間。雨が車の屋根の上からワーワーと野次を飛ばしてきた。そうこうするうちに、ついに大きな箱型自動車がわたしたちの来た道をのろのろとやってきて、横で停まると、こちら側のドアの窓が下がり、馬面《うまづら》の女性が頭を突き出した。

「こんにちは」女性は自慢の声を披露する曹長のように呼びかけた。「はまっちゃった?」

衝動に従うなら、いいえ、ちょっと釣りでもしようかと錨を下ろしているだけですからとニッコリ笑って答えただろう。しかし、不快感をあらわにしている場合ではなかった。というわけで、わたしは窓を下げ、マシンガンの陥った窮状を訴えた。

「それはお気の毒に」女性は言った。「引っぱり出してあげるのは無理ね。ぬかるみはそうとう深いわよ。でも、あなたがたがドアに鍵をかけて車をここに置いていってもかまわないとおっしゃるなら、フィラデルフィアまで喜んで乗せていってあげてよ」

わたしたちはただちに荷物をその大型の車に移し、マシンガンに鍵をかけ、さしあたり面倒が起こらないように――そう願って――しておいて、あとは頼んだわよとばかりにいそいそとその場をあとにした。

さて、アルシーアは生来おしゃべりで、しかも人を疑わない。五マイル（約八キロメートル）も進まないうちに、この見ず知らずの女性にわたしたちの素性と目的地のみならず、ヘレンのお屋敷のこと、すなわち大理石の窓台のことやら墓場のことやら、ありとあらゆることを話していた。わたしが座っていた後部座席からは、その女性の横顔が見えていた。アルシーアが屋敷の様子を細々《こまごま》と説明し、詳しい場所まで話すと、彼女の横顔をなんとも奇妙な表情がよぎった気がした。彼女は無言で耳を傾けていたが、話がジョージの姉の夫の盲腸炎に及ぶと、いきなりアルシーアを遮り、こう質問した。

「ミセス・レイバーン、あなた今、これから会いに行くそのミセス・ブレークはあなたのお義姉《ねえ》様に会ったことがないとおっしゃった？」

「ええ、そうなんですよ」アルシーアは答えた。「ヘレンにはしょっちゅう義姉《あね》の話はしてるんですけど、実際に会ったことはなくて。だからわたし、ヘレンに長距離電話をかけて、エリザベスがうちに泊まりに来てるところだから一緒に行ってもいいかしらって――」

と、女性はいきなり車を停めた。そして、座ったまま体をぐるりと捻《ひね》り、わたしたちに面と向かった。

「ミセス・レイバーン、それと、あなた、ミス・パイパー」と、彼女は言った。「とんでもなくおかしなお願いを聞いていただけないかしら。あたくしを一緒に連れていって、そのお義姉様ということにしてほしいの。無茶なお願いなのは重々承知しています」わたしたち二人の顔に戸惑いの色を見てとったにちがいない、女性は急いで先を続けた。「でも、とても重要なことなの。あたくしの正体をそのおうちの人に知られないようにして、ほんの少しのあいだでいいから中に入らせていただきたいの」

「わたしたちだって、あなたの正体を知らないんですけど」正体をほのめかすのを期待して、わたしは痛いところを突いた。そして、ある意味、それは成功した。

「あたくしの名はケイト・ハットン」女性は言った。「と言ったところで、なんの意味もありませんわね。もしミセス・ブレークの銀食器が目当ての犯罪者か何かかと疑っていらっしゃるなら、フィラデルフィアにあるあたくしの銀行に寄って口座から一〇〇〇ドル引き出しますから、これから二四時間のあたくしの行動の保証金としてあなたがたに預けてもよろしくてよ。そうすれば、あたくしが誠実な人間だと信じていただけるかしら」

彼女のぴくりとも動かない視線がわたしたちを突き刺した。まるで力ずくで服従させ、自分の望みを貫き通そうとしているかのようだった。アルシーアの気持ちが揺れているのがわかった。

「わたしたちがヘレンを裏切る結果にならないのが最低条件ですけど」アルシーアは不信感を隠さずに言った。「なんたって、わたしたちを招待してくれているんですから」そして続けて、こんな質問をした。「あ、あなた、探偵さん?」

女性の大きな口が笑っているような形になったが、それは笑顔ではなかった。笑顔と呼ぶにはあまりにも不気味だった。

「そう思っていただいてよろしくてよ」彼女は否定しなかった。「不可解なことを解き明かすのが目的なわけですから。それから、ミセス・レイバーン、あなたがたを招待なさっている女性を裏切ることにならないかというご心配については、二四時間経ったら、そのかたにあたくしが自分の口からすべてをお話しすると約束します」

謎なるかな、謎なるかな! アルシーアとわたしは顔を見合わせた。わたしたち二人が彼女に屈してしまうことは、互いにわかっていた。

この前代未聞の頼み事を承諾してしまった言い訳をするとすれば、文筆家とは正気の沙汰でないことをするものと決まっているのだ。加えて、やけに実利的なところのあるアルシーアがあとから指摘したように、なんと言ってもケイト・ハットンはわたしたちを嵐と大水から救ってくれた恩人だ。彼女のお願いを無下に断れば、根っからの恩知らずとなっただろう。とはいえ、それだけが理由でなかったのは、わたしたちも心の奥底ではわかっている。このときのわたしたちの「飽くなき好奇心」は、子ゾウでさえすっかり霞《かす》ませたにちがいないのだから(キプリング著『ゾウのはなはなぜ長い』を指しているのか)。

第二章　遺言状

〈幽霊の館〉に到着したのは正午をかなり回っていた。わたしたちはヘレンとビルの熱烈な歓迎を受けた。ぎこちない瞬間が二回だけあった。まず、アルシーアがケイト・ハットンを義姉のエリザベス・ベーカーですと紹介したとき、もう一つは、ビル・ブレークがなんの悪気もなく、いや、むしろ当然なのだが、ジョージはどうしたと訊ねたときだった。アルシーアは早口で、出発直前に思いがけない仕事で身動きが取れなくなってしまったから明日《あした》来るわと説明したが、いかにも後ろめたそうな態度だったので、本当はどこかで銀行強盗の真っ最中なのを隠そうとしているのではないかと思いたくなるほどだった。だが、ありがたいことに、ビルは疑り深いほうではないので、この件はここまでとなった。

「すぐにみなさんを寝室へご案内するわ」とヘレンは言い、広々した玄関広間から上方へとさざ波のように続く赤褐色と白の階段に向かった。「乾いた服に着替えてくださいね。とんでもない土砂降りだったものね。モード・タトルさんも、お二階で着替えていらっしゃるところなの。ビル、お嬢さんがたの荷物を上まで運んでちょうだい」

「着替え終わったら」ヘレンは間を置かずにまくしたてた。「応接間に下りていらしてね。ビルが暖炉に火を入れたから。暖炉を囲んで温かい紅茶をいただきましょ。ビルがみなさんに我が家の幽霊話をしてくれるわよ」

先頭に立って階段を上っていたケイト・ハットンが途中でいきなり足を止め、きっと振り返った。

「今……幽霊とおっしゃって?」幽霊なんてありえないといった調子で、彼女は訊ねた。

「ええ、言いましたけど」ヘレンはびっくりしたように答えた。「まさか、こういう話、気になさるほうじゃないですよね、ミセス・ベーカー」

「いいえ、別に」とケイト・ハットンは答えると、そのまま階段を上った。

ヘレンがわたしのために用意してくれた寝室は屋敷の正面側にあり、その広さたるや党の全国大会が開けるかと思うほどだった。どの窓からも道路の向こうの共同墓地が臨め、遮るもののない実にすばらしい眺めだった。しだれ柳にぼんやり白い墓石、少し横に目を向けると霊廟があった。まだ降り続いていた雨に霊廟の壁が物寂しく濡れそぼち、なんとも薄気味悪かった。

「まあ、ヘレンにとっては迷惑にならない静かなご近所さんってところね」わたしは独りごちると、荷解きにかかった。とにかく、何より先に温かいシャワーを心地よく浴びたかった。

じっとり濡れた服を脱ぎ、化粧着を羽織って、スリッパを履き、廊下に一歩出て初めて、浴室の場所をヘレンから教えてもらっていなかったことに気づいた。自力で見つけ出そうか、それとも助けを求めて叫ぼうか決めかねていると、階段の吹き抜けを挟んだ向こう側の部屋の扉が開き、ケイト・ハットンが顔を出した。視線が合ったので、わたしは目下置かれている困った状況を彼女に伝えた。

「浴室ならあなたのすぐ隣よ。あなたのお部屋とミセス・レイバーンのお部屋のあいだ」と、彼女は教えてくれた。「それと、階段の下り口のところの小さな書斎の隣にもう一つあるわ」

わたしは礼を言い、近いほうの浴室へ向かった。信じられないほど間抜けな話だが、シャワーを浴び、服をほぼ着終わってようやく、なぜ彼女は初めて訪れた家で浴室の場所を一つどころか二つも知っていたのだろうと不思議に思った。

わたしは男の子のような短い髪をパンパンと叩いて整えた——この髪はじめじめした天気だといつでも手に負えなくなって、まるで菊の花の親戚みたいになってしまう。そのあと、あちこち観察しながら階段を下り、応接間へ入った。なるほど、大理石の窓台にクリスタルガラスのシャンデリア、何もかもがアルシーアの説明どおりだ。もっと言うなら、フランス風の手の込んだマントルピースもまた大理石で、覆いのない暖炉の上で誇らしげだった。タトル夫人とヘレンとビルが火の前に腰を下ろしていた。

伝統主義の紳士《ジェントルマン》の女性版といえるタトル夫人は、わたしを見るなり立ち上がり、まるで数年ぶりの再会かのように片手を差し出した。

「ご機嫌いかが、ピーターさん」タトル夫人は言った。彼女にとってはわたしはいつもピーターさんで、ときにはキャサリンさんでさえあった。「無事に到着できて本当によろしかったですこと。嵐になったので、みなで心配していましたよ」

わたしが口先だけの挨拶を返そうとすると、タトル夫人の視線がわたしを通り越し、応接間の出入り口へ向かった。振り向くと、ちょうどケイト・ハットンが入ってきたところだった。

その瞬間、わたしの頭の中は真っ白になった。タトル夫人はアルシーアのお義姉《ねえ》さんに会ったことがあったかどうか思い出せなかったのだ。だが、明らかに会ったことはなかったようで、滞りなく自己紹介が交わされた。間を置かず、アルシーアが元気に入ってきて、こうして全員がそろった。

「さあ」それぞれが火を囲んで好きな場所に陣取り、ヘレンが紅茶を注ぎ始めると、アルシーアが言った。「その幽霊話とやらを聴かせていただこうじゃないの、ビル。呪われてるのはあなたたち？それとも道の向こうの話？」

「僕たちなんだよ。この家に出たのさ」ビルは答えると、椅子の背にもたれ両脚を火のほうへ投げ出した。「ピート、これで一冊書けば、きっとひと儲けできるぞ」彼はわたしを横目でちらりと見て、思うところを言った。「なにしろ殺人あり、消えた遺言状あり、訴訟あり、だからね。まあ、こんな話だ」

しかしビル・ブレークは、いざ何か話し始めようとすると絶望的に迷走する類いの人間だ。そういうわけで、ここはわたしが説明し直そうと思う。要点をかいつまんで話せば、次のような内容だ。

この屋敷は、石油事業で財を成したウィンストン・フラッグという名の大富豪によって二五年ほど前に建てられた。彼は妻とともにおよそ五年ここに住んだが、おそらくウィンストンが自分の事業を間近で見たかったのだろう、その後、二人はオクラホマ州へ引っ越した。しかし、妻は西部が気に入らなかった。そういうわけで、ほどなく二人は別居した。

その後二〇年近く、ウィンストン・フラッグの消息は伝わってこなかった。ところがある日、彼の友人で、長年この近所に住むグレゴリー・ノーランという役者のもとへフラッグから手紙が届いた。再婚する予定なので屋敷の鍵を開けて住めるように整えておいてくれないかというのだった。

ノーランはフラッグの望むとおりにしてやったが、戻ると言っていた日が来ても、そして過ぎても、フラッグの現れる気配はなかった。やがて二週間ほどすると、フラッグはジョン・ブランドンという名の秘書であり介助人だという男を連れて到着した。フラッグの再婚相手の姿はなかった。

その理由は、近所の若い医者の話から察することができた。この医者はフラッグが到着してすぐ、彼を往診していた。フラッグは質《たち》の悪い癌に侵されており、余命はせいぜい半年ほど。どう見ても結婚できる状態ではなかったのだ。

一カ月が過ぎた。ある晩、銃声のような音がして、使用人たちが目を覚ました。何事かと急いで階段を下りると、ブランドンが主人の死体を見下ろすように立っているではないか。まだ煙を漂わせているピストルを片手に握ったまま。目撃されたことに気づいた彼は、病の痛みに耐えられずフラッグは自殺したようだと苦しい説明をした。しかし、そんなわざとらしい話が受け入れられるはずもなく、料理番の女は夜の闇へと飛び出していき、ブランドンがご主人様を殺した、誰か警察を呼んでくださいと叫んだ。ようやく警察が到着したときにはブランドンの姿は消えていた。

一方で、殺人の動機は残っていた。ウィンストン・フラッグの机の中に、作成されて間もない遺言状が入っており、財産の大半は「友人であり介助人であるジョン・ブランドン」に遺《のこ》すと記されてあったのである。

ブランドンの捜索は全州をまたいでおこなわれたが、いつもひと足遅かった。そして、ついに追い詰めたとき、彼は小さな舟でメキシコへ逃亡しようとしてリオグランデで溺死した。

「それで、このおうちに出るというのはその人の幽霊？　それともミスター・フラッグの幽霊なのかしら？」話がここまで進んだとき、タトル夫人が訊ねた。

「どうも、フラッグらしいんです」ビルは答えた。「ここでもちあがってくるのが、行方知れずの遺言状と訴訟なんです。ブランドンが死んで間もなく、彼の残された妻と名乗る女性が現れて、自分はブランドンの相続人だという理由でフラッグの遺産を要求してきたんです。だが、有罪となった犯罪者はその罪で得た利益を享受できないという法律がある。しかし彼女の弁護士は、非常に鋭く二つの点を突いてきた。一つ目は、ブランドンは死んでしまったので、当然、遺産にあずかることはできないが、ミセス・ブランドン自身は殺人に関わっていないのだから、その法律は彼女には当てはまらないというもの。もう一つは、ブランドンはウィンストン・フラッグ殺害で正式に起訴され有罪となったわけではない、つまり、陪審員によって有罪とされないかぎり疑わしきは罰せずとも定められているのだから、その法律はブランドンにも当てはまらないというもの。みごとです。そういうわけで、ミセス・ブランドンと弁護士は勝利を手にするはずでした。フラッグの最初の奥さんが遺言状の無効を求めなければ」

「何を根拠に?」アルシーアが口を挟んだ。アルシーアの夫のジョージは法律家だ。そういうわけで、話題が法廷争いとなると彼女は俄然はりきりだす。

「そこがおもしろいところなんだよ」ビルは話しながら、いかにも悦に入っている様子だった。「その女性はこう主張したんだ。およそ一九年前、最終的な離婚判決は出なかった、だからフラッグの死亡時には自分がまだ法律上の妻であり、当然、彼の財産の相続権は自分にある、とね。だが残念ながら、彼女の主張の真偽の証明は不可能だった。なにしろ、彼女はわざわざフランスのパリまで出向いて離婚申請をしていたんだ。今さらパリから何らかの記録を取り寄せるなんて、ドードーを探すくらい無理な話だ。

しかし、たとえ欧州戦争が勃発しようとも彼女を止めることはできそうにないんだよ。この方向から攻めても埒《らち》が明かないと判断した彼女——というより彼女の弁護士だがね——は、フラッグと一緒にこの家に住んでいたころに書かれた最初の遺言状があって、フラッグは唯一の相続人として自分を指定していると主張してきた。別居するとき遺言状は変更しないと二人で決め、その遺言状が今もあるはずだから、それを捜す許可をほしいと訴えたんだ。すぐさまミセス・ブランドンの弁護士は、たとえ最初の遺言状が存在していたとしても新しい遺言状があるのだから無効だと異議を唱え、申し立ては認められた。

けれどもミセス・フラッグの弁護士はこの決定を不服として、ミセス・フラッグが最初の遺言状を捜す許可が正式に下りないかぎり新しい遺言状は執行されるべきでないと主張した。許可さえ下りれば、何かしら形勢が変わると彼女は信じているらしかった」

「最初の遺言状が何の役に立つの?」わたしは口を挟んだ。「新しい遺言状があるんだから無効になるでしょうに」

この疑問に答えたのはアルシーアだった。

「いいえ、完全に無効にならない場合もあるのよ」この手の話は任せてちょうだいとばかりにアルシーアは説明した。「新しい遺言状にはない条項が最初の遺言状にあったら、その部分はそのまま有効なの。新しい遺言状で具体的に取り消されていないかぎりね」

「うん、たしか、そんな話だった」ビルがもごもごと言った。「とにかく、ミセス・ブランドンの弁護士は、正式な所有権をもたない敷地内に立ち入って遺言状を捜す許可をミセス・フラッグに与えることに異議を唱え——ちなみに、行方知れずの遺言状はこの家のどこかに隠されているらしい——て、裁判所の命令が下りないかぎり、僕たちがミセス・フラッグをこの家に入れることのないよう敷地の管理を任されているグレゴリー・ノーランにまで働きかけた。そうなると、またも相手側はいきりたって、司法妨害だと主張して今度はノーランを攻撃した。この時点で、担当の裁判官は業を煮やし、すべての懸案を次回の開廷期にもちこすと言った。で、今はその状態なんだ」

「フラッグの別れた奥さんのほうが、かなり分が悪そうに聞こえるね」わたしは感じたままを言った。「道義的には、夫を殺した犯人の奥さんよりも財産を要求していいように思えるけど。それに、最初の遺言状が有効かどうか証明するチャンスだって与えるべきじゃないかな」

「それにしても、いったい」タトル夫人が、もう我慢できないといった口ぶりで訊ねた。「今の話が幽霊とどう関係あるのかしら」

「はい、はい」ビルは、ああ、そうだったとばかりに姿勢を正した。「法律方面のことばかりに話が少々逸れてしまいましたね。どうも、幽霊は最初の遺言状を捜しているらしいんです。ミセス・フラッグのためにそれを見つけて、妻を捨てる結果になってしまった生前の罪滅ぼしを今になってしようとしているのか、それとも、このもう一方の若い女性が妻に退けられてなるものかと、それを処分しようとしているのか、話をしてくれる人がどちらの味方かによって結論が違うんです」

「で、あなたは……見たわけ？　その幽霊」アルシーアが、あまりお上品でないことを訊ねるような素ぶりで言った。

「いいえ。でも、今夜、出るんじゃないかと思ってるの」このときまで奇跡のように無言を通していたヘレンが口を開いた。「実はね」これまでの話がいよいよ山場を迎えるかのように彼女は続けた。「ウィンストン・フラッグは、ちょうど一年前の今日の夜、死んだの」

第三章　「カードは死を示していたの！」

その日の晩餐には、ほかにも二人の客が招待されていた――二人とも男性だった。医師のスタンリー・モートンと役者のグレゴリー・ノーランである。

二人が到着する前に、ヘレンは彼らについてあれこれ説明してくれた。

「わたしたちの幽霊話の主な登場人物に会っておきたいんじゃないかと思って」ヘレンは言った。「だから、二人をお招きしたの。モートン先生は、ウィンストン・フラッグがここへ戻ってきてから彼の往診にいらしてたお医者さん。ちなみに、この家にまつわる話のほとんどを教えてくれたのは先生なの。役者のグレゴリー・ノーランについてはお昼間にビルが話したとおり。ウィンストン・フラッグの親友だった人よ」

「その人の前では幽霊話は控えたほうがいい？」アルシーアが訊いた。「ミスター・フラッグと仲良しだったなら、この話題にはちょっとばかり敏感なんじゃないかしら」

「まさか！」ヘレンは大笑いした。「グレゴリー・ノーランの辞書に『敏感』なんて単語はないわ。なにしろ、そこの共同墓地に自分の霊廟を建てて、書斎さながらに設えてるような人なんだから――ペルシア絨毯を敷いたり、安楽椅子を並べたり、電灯を設置したり、足りないものはないくらい。お芝居の稽古のためにそこへ通ってるの。気分が盛り上がるんですって。自慢の霊廟だから、明日《あした》の午後、わたしたちをお茶に招待してくれるかも」

「まあ、いやだ！」タトル夫人が淑女を気取った身震いをした。「わたくしは遠慮させていただきますよ」

「わたしは遠慮しないよ」と、わたしははしゃいだ。「ドラキュラ伯爵の城でドラキュラに会うみたい。お茶は人間の髑髏《しゃれこうべ》で飲むのかな」

「やめてよ！」ヘレンは言った。「その手の人とは違うの。最近の二回の定期公演で連続もののミステリ作品に出演してるってだけ。大きい声じゃ言えないけど、霊廟を上流階級の寝室みたいに設えたのは、それが理由だと思うわ。注目が集まるのを狙ってるのよ」

　先に到着したのは医者のモートンだった。まじめそうな顔つきで、年若く、髪は黒い巻き毛で、いかにも患者の扱いが上手そうだった。ヘレンが紹介してくれたので、わたしが片手を差し出すと、反射的に中指でわたしの脈に触れたようだった。

　初対面同士によくあるように、とりとめのない無意味な会話をわざとらしく交わしていると、グレゴリー・ノーランが到着した。四〇歳代後半、長身で、意図的に気だるそうにする自意識過剰で身勝手そうな男だった。

「僕のいとしいミセス・ブレーク、僕を許しておくれ！」ノーランは〝偉大な横顔〟（米国の俳優ジョン・バリモア［一八八二～一九四二］を指す。整った容姿からこのように呼ばれた）を完璧にまね、まどろっこしい口調で最悪のでたらめを言った。「遅れるつもりはなかったんだよ。だが、時間《とき》が僕を待つことをちっとも覚えてくれなくてね」

「あら、遅れていなくてよ、ノーランさん」ヘレンは彼の差し出した両手を無視して、こちらが戸惑うほどあっさりした返事をした。そういうわけで、非の打ちどころのない舞台登場となるはずが、なんとも冴えない結果に終わった。「お夕食まで、あと五分くらいかかりそうですから」ヘレンはノーランを紹介しようと、わたしたち一人ひとりに軽く手を振りながら名前を順番に呼んでいった。

ケイト・ハットンの番が来たとき、役者の顔にひどく困惑した表情が広がった気がした。

「ミセス・ベーカー」ノーランはその名をくり返したが、愛想のいい声を出そうという気はまったくなさそうだった。

ケイト・ハットンのほうは、彼が紹介されるとよそよそしい態度でこくりと頷《うなず》いただけで、寄り集まっていたわたしたちの後方から歩み出ることはなかった。このとき、わたしたちは応接間でなく、もっとくだけた雰囲気の広々した玄関広間にいたにもかかわらず。

全員で突っ立って、ビルお手製のカクテルをすすりながら、ヘレンが日払いで雇ったかわいいお手伝いさんが食事の用意ができたことを告げに来るのを待つあいだ、わたしは何気なく階段の上り口のすぐ上の壁に目を遣った。そこには年代物の決闘用ピストルが一丁、階段の傾斜に合わせて細長い銃身の先端を下に向けて掛けてあり、あたかも同じ壁沿いの五フィート（約一五〇センチメートル）ほど先に置いてあった椅子に狙いを定めているかのようだった。わたしの視線の方向に気づいた医者のモートンも、振り返ってそちらを見た。

「もう一丁はどこなんでしょう」わたしが何か言いだすのを待っているのだと感じ、わたしは言った。

「ああいうものは二丁で一組のはずでしょ」

モートン先生はずいぶんと妙な面持ちでわたしを見た。

「ご存じないんですか」彼は言った。「ミセス・ブレークがすっかり話したものと思っていました。ハロウィーンだし、例の件もあるし」

「ということは、あの話の……」この瞬間、わたしはピストルが一丁しかない意味を悟った。もう一丁のピストルによってウィンストン・フラッグの命は奪われたのだ！

「まあ」わたしは少々呆《ほう》けたような声を出してから、もっと何か言わなければと思う一心で、「あれ、弾が入ってるみたい。わたしがヘレンかビルだったら抜いておくけど」と続けた。

「そうですね」モートン先生はピストルから目を離さず、しかつめ顔で頷いた。「あんなふうに弾が込められていたら、その気になってしまいますよね。ですが、わたしに言わせれば――」

ちょうどそのとき、お手伝いさんがお食事の用意ができましたと伝えに来たので、わたしたちは食堂へ入った。

晩餐の席での会話は一瞬たりとも滞らなかった。これについての言及はここまでにとどめておこう。だが、すぐさま、会話の影に隠れてグレゴリー・ノーランとケイト・ハットンがある種の戦いをくり広げているのがあからさまになった。ノーランはハットンに正体を白状させようとちょいちょい巧妙に罠をしかけ、一方で、ハットンも負けてなるものかとノーランのジャブをすべてうまくかわしていた。ノーランは最初に彼女を紹介されたときにわたしがおやっと思った妙な視線を、片時も彼女から離さなかった。ただし、その視線はもはや当惑ではなく、確信を深めつつあるのを表していた。

アルシーアもまた、横でくり広げられているこの小さなやりとりに気づいていた。食事が終わり、わたしたちが応接間へ移動しようとしていると、みなの後ろをのろのろとついていっていたアルシーアがわたしにも同じようにするよう身ぶりで示した。

「ちょっと、ピート」玄関広間で二人きりになった瞬間をとらえてアルシーアは囁《ささや》いた。「ミス・ハットンとノーランは初対面じゃないわよ。夕食のあいだじゅうノーランがあの人を睨《にら》んでて、あの人がその視線を避け続けてたのに気づいてた?」

「うん、気づいてた」わたしも隠さずに答えた。「わたしの考えはこう。ケイト・ハットンは今日の午後のビルの話に何かしら関係していて、ノーランはその事実を知っている、あるいは、それを疑っている。そうして、彼女を罠にかけて正体を吐かせようとしているの」

「ここに来る途中、あの人、自分は探偵だって白状したようなものだったわよね」アルシーアは改めて言った。「ひょっとしてミセス・フラッグとその弁護士に雇われて、例の行方知れずの遺言状を捜しにきたんじゃないかしら?」

「そうかもね」わたしは答えた。「そうじゃないとしたら……」

「そうじゃないとしたら、何よ」わたしが言い淀んだので、アルシーアが先を促した。

「ビルの話を聴いてから、ずっと考えてるんだ。詳しい話がなかった人物が一人だけいたでしょ。フラッグの二番目の奥さんはどうしたのかな?」

「フラッグの二番目の奥さん?」口から出任せを言い始めたとでも思っているような目つきで、アルシーアはわたしを見た。

「フラッグの二番目の奥さんになるはずだった女性と言うべきかな」と、わたしは訂正した。「余命数カ月とウィンストン・フラッグが知って、結婚を取り止めたのは嘘じゃないかもしれない。でも、結婚するはずだった女性でなくブランドンを相続人にした遺言状を書くなんて変じゃない? その女性もきっとそう思ってるよ。だから、三つ目の遺言状があるにちがいないと思って本人が探しに来たのかも」

「ブランドンが相続人の遺言状は偽物の可能性があるってこと?」アルシーアは目をまん丸にして語

気を強めた。

だが、わたしが答える前に、ヘレンが応接間の出入り口のところに姿を現した。

「二人とも、そこで何を企んでるの」ヘレンも話に加わりたそうだった。「でも、何にせよ、それはあとにして。さあ、モードさんの運勢占いが始まるわ」

わたしたちはみな、それぞれ得意の室内芸をもっている。タトル夫人の場合は運勢占いだ。茶碗に残った茶葉を見たり、手相を見たり、カードを使ったり、占ってもらう側が好きな方法を選ぶ。わたしは迷信めいたものは信じないが、それでも、タトル夫人がわれわれの仲間に告げた内容に驚かされた経験が、一度ならずあることは正直に言っておく。

タトル夫人はビルが用意したカードゲーム用のテーブルの向こうに腰を下ろし、箱に入った一組のカードを前に置いていた。

「それでは」わたしたちが応接間に入ると、タトル夫人が呼びかけた。「誰から始めようかしら。アルシーアさん、あなたの運勢は先週占ったばかりでしたわね。ピーターさんはどうかしら」

このとき、わたしの中に悪魔が入り込んだ。

「いいえ」と、わたしは断った。「モードさんはわたしのことをよくご存じだから、ついついそれが影響してしまうかも。だから、初対面の人にしましょうよ。えっと……」わたしは応接間をぐるりと見渡すふりをした。「ミスター・ノーランはどうかな」

だが、目の前の老練な獲物がその程度の単純な方法で釣り上げられるはずがないのに、わたしは気づくべきだった。彼は首を横に振った。

「僕は遠慮しておくよ、かわいいお嬢さん」ノーランはカラカラと笑った。「運命を知ったところで、運命に抗《あらが》うつもりはないのでね。それより……」彼はわたしの目つきをまねて一同を見回した。「ミセス・ベーカーにしようではないか」

いかにも疚《やま》しいところがあるように、ケイト・ハットンはギクリとして動揺を見せた。だが、ノーランの半開きの目から放たれた、人を小馬鹿にしたような挑発的な視線と自分の視線がぶつかると、彼女は悠々たる態度で歩み出て、椅子に腰を下ろし、タトル夫人と向き合った。

「よろしくてよ」ケイト・ハットンは冷ややかな口調で同意した。「実験台になりますわ。何をすればいいのかしら」

彼女はタトル夫人に言われるまま箱からカードを取り出し、シャッフルし、上下を三回入れ替えた。そして願い事を占うカードを一枚抜き出したところで、今度はタトル夫人が残りのカードを裏向きに三つの山に分けた。それから一つ目の山をひっくり返し、テーブルの上に広げた。

タトル夫人はそれらのカードを三〇秒ほど無言で見つめていたが、やがて口を開いた。

「あなたは近ごろ、長い道のりを旅しましたね」占いのときに必ず用いる、プロの占い師さながらの無機質な口調でタトル夫人は話し始めた。「目的は、日焼けした男性に何かしら関係していますね。男性は身内のお一人のようです」

アルシーアとわたしは、おかしくてたまらないといった目で互いを見遣った。タトル夫人はケイト・ハットンをエリザベス・ベーカーだと信じているので、それを念頭に置いて話しているのだ。日焼けした男性とはアルシーアの夫でエリザベスの弟、つまりジョージを指しているのだろう。

「多額のお金が見えます」タトル夫人は続けた。「相続財産、あるいは遺言上の遺産のようです。けれども、現在それは障害物によって遠ざけられようとしている、または、将来において遠ざけられるようです」

「信じちゃいけませんよ、ミセス・ベーカー」ビルが歯を見せてニッと笑った。「お嬢さんと見れば、タトル夫人は必ず同じ事を言うんですから」

ケイト・ハットンは笑顔を返しもしなければ、ビルの声が聞こえたようにさえ見えなかった。まるで魂を奪われたように、おかしいくらい一心にカードを見つめていた。精いっぱい気だるそうなふりをしてタトル夫人の座る椅子の背にしなだれかかっていたグレゴリー・ノーランもまた、同じように見つめていた。

タトル夫人は一つ目の山のカードを払うように脇へどけると、二つ目の山を広げた。はっきり憶えていないのだが、相続財産が少しだけ近づいてくるというようなことを言ったのだけ頭に残っている。最後に、三つ目の山の番になった。

「またも、日焼けした男性が見えます」とタトル夫人は言いかけたが、不意に口をつぐみ、まるでウインストン・フラッグの幽霊でも見ているかのように広げたカードを凝視した。

「どうなさったんですの」ケイト・ハットンが語気鋭く訊ねた。

「なんでもありませんよ」タトル夫人は慌てた様子で答えた。「ちょ、ちょっと手元を見失って。それだけですよ」

タトル夫人は体を一回ぶるりと小さく震わせると、相続財産、幸せな結婚生活、その他もろもろを取り急ぎ請け合ったが、話をその場ででっち上げているのはわたしたちには見え見えだった。最後に、解放されたかのように聞こえるほどの大きなため息を一つつくと、カードを脇へ払いのけた。

「では、次はあたくしの願い事についてですわね」ケイト・ハットンは念押しするように言うと、最初に抜き出した一枚のカードを手渡した。

タトル夫人はカードを受け取ったが、それにはほとんど目を向けなかった。

「残念ですけど、望みは叶いそうにありません」タトル夫人はそう言うと、そのカードもほかのカードと一緒に脇に置いた。まるで不吉なものにでも終止符を打とうとしているかのような、強制的に終了させる動作だった。

「ああ！　興味深かったわね！」アルシーアが明るい声で言った。そして、深閑としていた小さな池にキラキラ輝く丸い小石を投げ入れるように続けた。「次は誰にする？」

ところが、タトル夫人はテーブルを前へ押しやった。

「申し訳ありませんけど」タトル夫人は言った。「今夜の占いはこれでおしまいにさせてちょうだい。ほかの遊びはないかしら」

アイディアの宝庫であるヘレンがすかさず口を開いた。

「行方知れずの遺言状を、みんなで捜してみるのはどうかしら」と、ヘレンは提案した。「ずっと捜したいと思ってたの。この家に隠されているはずだと初めて聞かされたときから。でも、なかなか時間がなくて」

グレゴリー・ノーランのさも愉快そうな笑い声が、突然の冷たい雨のようにヘレンの言葉を掻き消した。

「僕のいとしいミセス・ブレーク」彼は間延びした口調で言った。「そんな遺言状が実際に存在すると、まさか本気で信じているのではあるまいね」

「あら、どうして信じちゃいけないのよ」ヘレンは弁解がましく言った。

「だって、そうだろう」彼は唇をさらに歪め、やれやれというような笑みを浮かべた。「もし、そんな遺言状があったならウィンストン・フラッグが破棄していたはずじゃないか。僕はあの男を知り尽くしていた。万が一破棄していなかったとしたら、古い遺言状は無効にすると新しい遺言状に書くのを忘れるような迂闊《うかつ》な男ではなかったのだよ。それなのにミセス・フラッグときたら、そんな遺言状を理由に別れた亭主の財産を我が物にしようと奔走しているのだから、まったくもって子どもじみた妄想に取り憑かれているとしか思えんね」

こんな結論を下されては、もしヘレンが自分の提案を押し通せば、ヘレンもヘレンに賛成した人も、やはり子どもじみていることになってしまう。というわけで、この提案はここまでとなった。だが、ヘレンはあからさまに、今日のところは我慢するけど諦めたわけじゃないわよという顔をしていた。

そのあとは、ありきたりのトランプのブリッジに興じて夕べを過ごし、一一時になるとモートン先生も、そしてノーランも帰っていった――わたしたちを霊廟でのお茶会に招待せずに。

「このまま起きていて幽霊が出てくるのを待つかい？」二人を送り出して玄関扉を閉めるとビルが言った。

「いいえ」ヘレンは即答した。「わたしたちはもう寝ます。お嬢さんがたは今日の長旅で疲れてるのを忘れないで、夜更かしさん」

「お嬢さんがた」と呼ばれてタトル夫人とケイト・ハットンは満更でもない顔になり、ただちに就寝の案に素直に同意したが、アルシーアとわたしは少々がっかりした。実際の話、寝るのはいつだってできるけれど、幽霊に会える機会は毎晩やってくるものではないだろう。

二〇分ほどして、わたしがちょうどパジャマに着替え終わったところでアルシーアがわたしの寝室を覗《のぞ》き込んだ。

「ピート」彼女はいきなり言った。「お夕食のあとモード・タトルさんは教えてくれなかったけど、あのカードに何が出てたのか知らないまま眠るのはとても無理。だからモードさんに訊きに行こうと思うの。一緒に来る?」

「そうね!」カードの三つ目の山を広げたときのタトル夫人の妙な態度を思い出し、わたしは大声を出した。「そのこと、すっかり忘れてた。さあ、行こう」

わたしたちが押しかけると、タトル夫人は就寝前に髪をピンカールしているところだった。アルシーアはベッドの上にドスンと腰を下ろし、わたしはベッドの足板にだらりともたれた。

「さあ、モーディーさん」わたしは命令口調で言った。「白状なさい」

タトル夫人は怪訝《けげん》な顔をした。

「い、いったい、何かしら」タトル夫人はたじろいだが、おそらく、そのふりをしただけだろう。

「教えてほしいんです」アルシーアがわれわれの疑問を明確にした。「さっき、ケイ……エリザベスの運勢、何て出ていたのか。本人には言おうとなさらなかったけど」

「ああ、あれね!」タトル夫人は芝居めいた笑い声をたてた。「もちろん、まったく馬鹿げた内容ですよ。でもね、カードに良くないことが表れたときは、決してご本人には伝えないようにしているの」

「答えになっていませんよ」アルシーアは冗談めかして、容赦しないといった素ぶりで詰め寄った。「さあ、お言いなさい。何て出てたのか」

タトル夫人は、ごまかそうとしても無駄だと悟ったようだった。

「はい、はい」ついに降参した。「言いますよ。でも、あのかたには黙っていてちょうだいね。カードは死を示していたの。非業の死を」

第四章　「幽霊が出た！」

さてさて、これから眠りに就こうというときに想像を巡らすには実に楽しい格好のテーマだった。とりわけ幽霊が出ると言われる屋敷の中で。しかも、道の向こうは墓場だ。あれこれ妄想しながら、さあ、ベッドに入ろうと部屋の窓を閉めていると、視線の先の、その共同墓地の中に何かがあるのに気づいた。ぼんやりと、不気味な明かりが灯っているではないか！

声よ、誰かに届いてくれと、なりふりかまわず叫ぼうとした。が、そのとき、グレゴリー・ノーランの霊廟が頭をよぎった。わたしたちに別れを告げたあと、あの男はあの場所で夜を過ごすつもりにちがいない。

意に反して、わたしはあっという間に眠ってしまった。数時間ほど経っただろうか、耳をつんざく絶叫で目を覚ました。絶叫は止んでからも、数秒のあいだ宙を漂っているかのようだった！

わたしはベッドから跳ね起き、窓に駆け寄った——なぜ窓だったのか、今もわからない。霊廟の明かりは消えていたが、雨のあとの雲の切れ間からかろうじて漏れていた月光の中で、霊廟の建物がなおも朧《おぼろ》に見えていた。すると、寝室の扉の外の廊下から足音と騒がしい声が聞こえてきたので、わたしもそこに加わるために走った。

すでに簡単に説明したと思うが、屋敷は中央に階段があり、階段を上りきると左右に伸びた二階の廊下に突き当たる。わたしが寝室の扉を開けると、前方と左右の三方向に加え、一階の漆黒の玄関広間へと徐々に下ってゆく階段の上段部分が視界に入った。

最上段でビルが跪《ひざまず》き、ヘレンとアルシーアとタトル夫人がひとかたまりになって彼を見下ろしていた。だが、磁石のようにわたしの注意を引きつけたのは彼らではなかった。ケイト・ハットンが階段の上で大の字になって、ビルの腕で頭を支えられ顔面蒼白で倒れているではないか！

「気絶してるだけだ」ビルは言った。「すぐに目覚めるだろう」

ビルはどうにかこうにか両腕で彼女――小柄な女性とは言いがたかった――を抱え上げ、一番近い寝室に運び入れた。アルシーアの寝室だった。

ケイト・ハットンは前触れもなく、いきなり意識を取り戻した。目覚めるやベッドの上で体を起こしたので、湿らせた圧定布を彼女の頭に乗せるために屈もうとしていたタトル夫人は危うくひっくり返るところだった。

「見たのよ！」ケイト・ハットンは耳障りな声で言った。自らメロドラマ風を演じているのだとしたら迫真の演技だ。「ウィンストン・フラッグを見たのよ！」

女性陣は互いに顔を見合わせた。その表情から、みなもわたし同様、背筋に沿って上に下にとネズミが小さな足で走るのを感じていたのはまちがいない。ビルだけが平静を保っていた。

「きっと悪い夢でも見たんですよ、ミセス・ベーカー」ビルが扉のところから淡々とした口調で話しかけた。「おそらく僕たちの幽霊話が頭に残っていて、夢に現れたんでしょう」

「そうよ、そうよ！」ヘレンが救われた様子で大声を出し、あたかも最初から自分もそう思っていたように続けた。「悪夢を見て、寝ぼけて歩いたんですよ。それで階段まで来て、足を踏みはずして転んだんだわ」

解せない出来事を善かれと思って説明しているのだがまったくもって馬鹿げたことを言っている子どもを見るような目で、ケイト・ハットンはヘレンを見た。

「いいえ」ケイト・ハットンは低い声で、けれどもきっぱりと言った。「夢じゃないわ。階段の下の玄関広間の本棚の前にウィンストン・フラッグが立っているのを見たんです。火の灯った蠟燭を手に持って」

「ど、どうして、ウィンストン・フラッグだってわかったの？」声のトーンがしだいに高くなっていくのをかろうじて抑えながら、アルシーアが訊ねた。

気のせいだろうか、ケイト・ハットンがほんの一瞬、答えに詰まったように思えた。

「新聞でいく度となく写真を見ていたから、顔を憶えていたのよ」声は尋常でなく動揺し始めた。「あの男よ、まちがいない。あの、あの男が振り向いて、あたくしを見て……」

最後のほうの言葉は消え入りそうでほとんど聞こえなかった。介抱しているわたしたちの手の中で、今にもまた気を失ってしまいそうに思えた。

ビルが、よしとばかりに廊下のほうを向いた。

「もし下に誰かいるなら」彼は階段の下り口にある玄関広間の照明のスイッチを入れると、ひるむことなく言った。「誰なのか、行って見てこよう」

「まあ、ビル、そんなことやめて！」ヘレンが叫んだ。「あなたに死なれたら困るのはわたしよ」

けれどもビルは足を止めなかった。

「馬鹿なこと言うなよ、ヘレン」彼は肩越しに返事をして、階段の一段目に足を下ろした。「どう考えたって――」

だが、すべてがそこで止まった――少なくとも、そこから先を彼が話すことはなかった。いきなり彼の両足が浮き上がり、前方へつんのめったのだ。死に物狂いで手すりを握らなければ、頭から真っ逆さまに階段を落ちていっただろう。

わたしたちはみな、バンシー（アイルランドの民話で、家に死者が出ることを泣き叫んで予告する女の妖精）のような叫び声をあげた。

「ビル！　どうしたの」ヘレンが大声で言い、駆け寄ってビルの体を支えた。

しかし、ビルが答える前に、全員の耳に音が聞こえた。ドスン、ドスンという鈍い音。重い足取りで階段を踏みしめながら誰かが下りていくような音が。だが、ビルが点けたばかりの煌々《こうこう》とした照明のもと、上から三段目にビルとヘレンが一緒に立っているのを除いて階段には誰もいないのが、わたしたち全員の目にはっきりと映っていた！

タトル夫人がキャッと淑女らしい小さな悲鳴をあげ、かと思うと、床の真ん中にへなへなと座り込んだ。アルシーアとわたしはといえば、部屋の扉の枠のそれぞれの側を必死で握っていたので、どうにかへたり込まずに済んだのだと思う。

ビルは手すりから手を離すと、苦しそうな唸り声をあげてヘレンの肩をがっちりつかんで自分の体を支えた。

「足首をおかしくしたようだ」彼は腹立たしそうに足を床の上に置いた。「部屋まで連れていってくれるかい、ヘレン。それと誰か、警察を呼んだほうがよさそうだ」

ヘレンがビルに手を貸しているあいだ、アルシーアが二階の小さな書斎に置いてある電話機へ向かった。一分ほどすると、死んだ人がミスター・ブレークを階段から突き落として立ち去ったというようなことをアルシーアが黄色い声でまくしたてているのが聞こえてきた。

「警察の人、一〇分で来るって」彼女はわたしたちのところへ戻ってきて報告した。「それまでのあいだ、みんなそれぞれ自分の部屋から出ないようにって」

警察は言っていたより敏速だった。八分が過ぎたころ、一台の車がわめきたてながら屋敷の前で停まり、そのあと正面玄関の扉を狂ったように叩く音がした。

窓から外を見ると、ちょうどヘレンが自分の寝室の窓から身を乗り出しているところだった。見下ろすと、四人の男性が踏み段に立っていた。ずんぐりして少しばかり太鼓腹の一人が、窓の開く音を聞いて顔を上げた。

「殺人捜査課のブーン巡査部長です」と、彼は名乗った。「鍵を放り投げてくれませんかな、奥さん。そしたら、この子らと一緒に家の中に入りますから」

ヘレンの頭が二、三秒消えたかと思うと、巡査部長に向かって何かが放り投げられ、月明かりを受けてキラリと光った。巡査部長はさっと片腕を伸ばし、空中でそれをキャッチした。間もなく、錠前に鍵が差し込まれて擦《こす》れる音がした。そこでわたしたちはみな、再び廊下に出て肩を寄せ合った。正面玄関の扉がただちに開き、フィラデルフィアの警察部隊の半数が来たかと思う勢いで、警官たちが押し合いながら玄関広間に雪崩れ込んできた。

「さて」太鼓腹の男性がぐるりと周囲を見回し、鋭い調子で言った。「死体はどこでしょう」

「死体?」ヘレンが階段のてっぺんから当惑して聞き返した。「何の死体でしょう」

巡査部長はみるみる不信感を募らせたような態度になり、ヘレンと、その後ろで寄り集まっているわたしたちに目を向けた。

「いったいどういうことでしょうかな」巡査部長の口調は厳しかった。「この家から本署にかかってきた電話によれば、男性が階段から突き落とされて殺され、犯人は家の中を逃げ回っているということではなかったですかな」

「申し上げにくいんですけど、ちょっとした誤解があるようですわ、巡査部長」ヘレンが恐縮したように言いながら階段を下り、そのあとにアルシーア、タトル夫人、ケイト・ハットン、わたしと続いた。「ここに死んだ人はおりません――少なくとも最近は、という意味ですけれど。ですが、誰かが家の中に隠れているようなんです」

ブーン巡査部長は三人の部下のほうを向いた。

「君たち、ジャクソン君とウェイド君は」巡査部長は指示を出した。「この博打《ばくち》宿を、まず一階から隈《くま》なく探ってくれたまえ。次に君、ピーターズ君は家の外を頼む。そのあいだに詳しい事情を聴いておくから」

ヘレンが憤慨した顔をした。

「そもそも」彼女は不愉快そうな声で巡査部長を正した。「ここは博打宿ではありませんわよ。次に――」

巡査部長は謝罪を表すように大きな手を振った。

「気にせんでくださいな」彼は言った。「言葉の綾ってもんですから。友人のミスター・トリローニーがよく使ってましてな。さあ、詳しくお聴かせ願いましょう」

その名前に、わたしの耳はぴくりと反応した。エドワード・トリローニーだとしたら、ほんの数カ月前、初めて遭遇した殺人事件でわれわれを困難の数々から救ってくれたフィラデルフィアの犯罪心理学者だ（『〈羽根ペン〉倶楽部の奇妙な事件』参照）。巡査部長の友人と同一人物だろうか。

ヘレンは話を続けた。

「おそらく」ヘレンは言った。「何があったのかミセス・ベーカーに話してもらったほうがいいと思います。なにしろ、見たのはミセス・ベーカーですから、その……人影を」

後半部分はわたしたちに補ってもらいながら、ケイト・ハットンは話を終えた。巡査部長は無言で耳を傾けていたが、その大きな顔には訝《いぶか》しむ表情が広がっていった。全員ですべてを話し終えたときには、すっかり愛想を尽かしたようだった。

「あたしの理解が正しいかどうか、確認させてもらいますぞ」巡査部長は言った。「こちらのご婦人が」彼はケイト・ハットンに向かってこくりと頷《うなず》いた。「二階の廊下に出てきたら、一年前にこの家であの世行きとなった男の幽霊が、ここ一階の本箱の前に立っていたとおっしゃるわけですな。そして、ご婦人は悲鳴をあげて気絶した。そのあと、家宝の銀食器を誰かが物色してやいないかと、ミセス・ブレーク、おたくのご主人が確かめようとして階段を下りかけたら、滑って転んで足首を捻《ひね》った。これですべてですかな」

「それじゃ足りませんこと？」ヘレンが言い返した。

巡査部長が答えようとすると、屋敷の中を調べるよう先ほど送り出された刑事二人が、おそらく裏側の階段を使って二階へ上がったのだろう、わたしたちが背にしていた階段から下りてきた。

「サイコロは見つかりませんでした、ボス」背の高いほうの刑事が報告した。「二階に足を挫《くじ》いた男性が一人いるだけです。ここの住人です。それと、家の中はどこもかしこも鍵がしっかりかかっていて、隙間のないことと言ったらドラム缶以上でした。鍵がなけりゃ誰であろうと侵入は無理です」

「そんなことだろうと思った」と巡査部長は言い、話をおもしろおかしくしようと工夫を凝らして演出したつもりでしょうが試みは失敗でしたよと言わんばかりに非難の目をわたしたちに向けた。

「そうだとしたら」ヘレンが声をあげた。「主人が階段を下りようとしたとき、投げ出されたのはどういうわけですの」

「それに」わたしも口を挟まずにはいられなかった。「重々しい足音みたいな、あの音は何だったんでしょう」

巡査部長は手の甲で顎《あご》を擦りながら思案した。わたしに言われるまで、ドスン、ドスンという音のことは忘れていたにちがいなかった。

「おたくさんたちは本当に――」と巡査部長は言いかけてから、不意に口をつぐみ、前屈みになって、立っていた階段の上り口のそばの床から何かを拾い上げた。

「こいつのせいで、おたくのご主人は放り出されたんじゃないですかな、ミセス・ブレーク」巡査部長は勝ち誇ったように言った。「そして、こいつが階段を転がり落ちていく音を聞いたんじゃないでしょうかね、お嬢さん」

巡査部長は、何の変哲もない円筒形の懐中電灯を掲げた。

わたしたちは少しばかり呆《ほう》けたような顔になった。すると、タトル夫人が甲高い声を出した。「どういうわけで、ここにあるのかしら」

それに答えたのはケイト・ハットンだった。

「あたくしが落としたんだと思います」と、彼女は言った。「お、おかしな音が聞こえた気がして、懐中電灯を持って何の音か確かめに行こうとしたんです。元はといえば、廊下に出たのはそれが理由ですから」彼女は最後に、あたかもわたしたちの誰かに追求されたかのようにつけ加えた。

巡査部長は、ついに答えが出たといった視線を彼女に投げた。

「つまり、おたくさんが懐中電灯を持っていたんですな」彼は確認した。「さて、これで解決ですな。音を聞いた気がしたので見に行った。持っていた懐中電灯を点けて階段の下を照らした。そしての光が本箱のガラス戸に反射した。なにしろ今日はハロウィーンだ。それに例の件もありましたしな、その光が本箱のガラス戸に反射した。反射した光を幽霊と勘違いした。あとは自然の成り行きで、こうなった。以上、B・V・D（BVDは男性用下着のメーカー名。ここではQ・E・D「『証明終わり』の意」の言いまちがえと思われる）。いや、こういうときの略語ですよ」

驚いたことに、誰も彼の言うことに異議を唱えなかった。そのラテン語の略語にさえも。

刑事の一人が口を大きく横に広げ、ニヤッとした。

「なら、一件落着のようですね、ボス」と、刑事は言った。「一年前を最後に、ここには死体がないのを確認しましたから」

「そのようだな、ジャクソン君」巡査部長は首を縦に振ると、わたしたちに最後の一瞥をくれた。

「ご婦人がた、もうベッドへお戻りください。うつ伏せに寝たらいかがでしょう。そうすれば夢を見ないらしいですぞ」

彼は声を半分だけ潜めて「ご婦人がたが集団で悪い夢を見て正気を失ったという理由で、殺人捜査課が呼び出されるとはね」などとぶつぶつ言いながら、部下たちとともに玄関扉をバタンと閉めて出ていった。

「あの人、わたしたちをおバカさんの集まりだと思ってるわね」ヘレンはそう言って、巡査部長が出ていったあとの扉に鍵をかけた。

彼女は二階へ戻っていった。いったいどうなったのか教えてくれとビルが大騒ぎしていたからだ。みなもあとに続いた。だが、わたしは最後まであたりをうろうろしていた。本棚の上に置いてあった一対の青銅の燭台に視線を向けた。蠟燭が一本ずつ立てられていた。一本は少しだけ燃えた跡があり、もう一本は手つかずだった。

わたしはそばへ寄り、燃え跡のあるほうを下ろして、先端に触れてみた。芯はすでに冷たかったが、その周囲の蠟はまだ微《かす》かに柔らかいではないか！

第五章　アルシーアの大発見

次の日の朝、ヘレンは駐車時間超過違反の罪を償うために交通裁判所へ赴かなければならないと言い、一緒に町まで乗っていくかとわたしたちに訊いた。ケイト・ハットンとわたしは行くと答えた。だがアルシーアは、午前中にジョージが到着予定なので、屋敷に残って彼を待つことにした。一方、タトル夫人は、前夜の騒ぎで神経が昂《たかぶ》って頭痛がするので部屋で休んでいたいと言った。ついでに言うと、ビルはまだ、ヘレンによれば、「足首のせいで寝て」いた。往診に来たモートン先生に、あと二、三日はベッドから出ないよう言われたのだ。

わたしたちがフィラデルフィアの商業地区に到着すると、ケイト・ハットンが、ちょっと買い物があるので失礼してあとで合流すると言った。そこで待ち合わせ場所を決め、ヘレンとわたしだけで市庁舎に向かった。

ヘレンが交通違反の裁判室へ入っていってしまったので、わたしは廊下の長椅子で待っていた。一五分か二〇分ほど座っていると、不意にわたしの肩の上に誰かの手が乗り、男性の厳しい声がした。

「さて、ピーター・パイパー、今回はどんな悪さをして裁判所送りになったんだい？」

仰天して顔を上げると、エドワード・トリローニーの赤毛の頭がわたしの上に覆いかぶさってきた。

「まあ、こんにちは！」わたしは思わず大声を出した。「噂をすれば——いいえ、考えていただけだけど――影とは、このことね！」

「そりゃ、どうも」トリローニーはニヤリとして、長椅子のわたしの隣に腰を下ろした。「僕のことを考えてたってだけで、なんとも嬉しいね。ところで、どうしてた？　あれ以来……」

「この前の殺人事件以来？」と、わたしは返した。「ええ、いろいろとあった。最近について言えば、幽霊狩り」

いったいどうしてだろう、わたしはテッド・トリローニーを前にすると決まって、思いつくままになんでもベラベラとしゃべってしまう。なぜだか毎回そうなのだ。そういうわけでこのときも、ふと気がつくと、アルシーアとわたしがケイト・ハットンに出会って奇妙なお願いをされたことから、蠟燭の蠟がまだ柔らかかったのに気づいたことまで、ヘレンの〈幽霊の館〉をめぐる一連の出来事の一部始終を話していた。

トリローニーはわたしの話が終わるまでじっと耳を傾けていたが、そのあと、こう言った。

「ピーター・パイパー、これは驚くべき偶然の連続だよ。一つ目は、言うまでもなく、ケイト・ハットンと名乗る女性と君たちが出会ったことだ。その女性が行方のわからない遺言状を捜しに来たのはまちがいない。裁判所に提出するためなのか、それとも葬り去るためなのか、その女性の正体によるがね。もう一つの偶然は、僕の親友のリン・テンプルトン君がミセス・キャロル・ブランドンの弁護人だということだ。つまり、フラッグを殺害したとされる男の未亡人だ。実は、例の遺産争いの裁判が今朝再開されて、テンプルトン君は今、裁判所に来てる」

「なんてこと！」わたしは大声をあげてから、馬鹿げたひと言をつけ加えた。「本当に世間は狭いわね！」

「狭すぎて」トリローニーは頷《うなず》きながら「ときどき窮屈にさえ思える」と言うと、ポケットに手を突っ込んでパイプを取り出し、廊下の反対側の壁に〝禁煙〟の掲示を見つけると、残念そうにまた戻した。

「教えてほしいんだが」彼は言った。「君のところのミス・ハットンはどんな容姿だい?」

「馬みたいな顔」と、わたしは答えた。「でも悪口じゃないわよ。わたしは馬が大好きなんだから。どうして?」

「ふと思ったんだ。ひょっとしてその女性、ミセス・ブランドンじゃないかってね。でも、君のその説明なら違うようだ」

「昔の遺言状を捜して葬り去ろうとしているのかもしれないと、さっきあなたが言ったのはそういう意味ね?」わたしは質問した。「でも、それって……えっと、証拠の改竄《かいざん》とかなんとかになるんじゃない?」

トリローニーは頷いた。

「両方の質問ともイエスだ。当然ながら、ミセス・ブランドンがそんなことをしているのを知ったらテンプルトン君が黙っちゃいないだろう。だが実は、僕は当初から、この件で彼女はテンプルトン君に何か隠し事をしている気がしていてね。一つ例を挙げれば、彼女が誰か別の人物に動かされているのはまちがいない」

「別の人物?」わたしは聞き返した。「いったいどんな?」

彼は肩をすくめた。

「そもそも」彼は意味ありげに言った。「ジョン・ブランドンはリオグランデで溺れ死んだことになっているが、死体は回収されていない」

わたしは状況が見えてきた気がした。

「ということは、昨日《きのう》の夜、ケイト・ハットンが見たと言っていた男の人は！　ひょっとして……」

「可能性はある」彼は否定しなかった。「だが、何らかの筋の通った仮説を立てるには未知の要素がまだまだ多すぎる。君に頼みが二つある。まず、君から聴いた今の話を残らずテンプルトン君に伝えさせてほしい。もう一つ、今後、新たにわかったことがあったらすぐに知らせてくれ。もしジョン・ブランドンが生きているとしたら、フラッグ殺害の容疑で今も指名手配中のはずだ」

どちらの頼み事も断る理由はなかったので、わたしは承諾した。いずれにせよ、誰かに邪魔されて受け取るべき遺産を受け取れない気の毒な未亡人がいるのだとしたら、わたしが手を拱《こまぬ》いていて、それに荷担することになるのはごめんだ。同時に、「気の毒な未亡人」が自らインチキを働いているのだとしたら、今こそ化けの皮が剝がされるべきだろう。

ちょうどそのとき、廊下の向かい側の裁判室からヘレンがせかせかと出てきた。わたしはトリローニーを紹介した。二人のあいだで意味のないありきたりの社交辞令が交わされると、彼は会釈して行ってしまった。ヘレンとわたしは廊下を進んだ。

二人でエレベーターを待つあいだ、わたしはふと後ろを振り返った。するとトリローニーが、書類かばんを手にした金髪の男性と、モナ・リザとドロシー・ラムーア（一九一四～九六。米国の女優）と三〇歳台前半のころのウィンザー公爵夫人（ウォリス・シンプソン。一八九六～一九八六。米国生まれで、退位後の英国王エドワード八世と結婚した）を足して三で割ったような女性とちょうど合流したところだった。トリローニーはわたしと目が合うと、二人に向かってわかるかわからないかくらい微《かす》かに頭を傾けた。

なるほど。この二人が親友のリン・テンプルトンとミセス・キャロル・ブランドンなのだ。わたしはリザ・ラムーア・ウィンザーをもっとしっかり見たかったが、エレベーターが運行を遅らせてなるものかとばかりに到着したので、ヘレンとともにさっさとそれに乗り込んだ。

ケイト・ハットンの指定した待ち合わせ場所で彼女を拾い、三人で〈幽霊の館〉に戻った。そして正面玄関から中へ足を踏み入れるや、アルシーアが飛び跳ねながら出てきた。

「見つけたわよ！」アルシーアは小躍りして金切り声を出し、細長い白い封筒を頭の上で揺らした。「行方のわからなかった遺言状、見つけたの！」

わたしの目はとっさにケイト・ハットンに向いた。彼女はひと言も発さず、身動きもせず、じっとアルシーアを見つめていた。その顔は感情の読めない仮面のようだった。だが、無表情な外見の裏で、彼女がここにいる中で一番気持ちを昂らせているのをわたしははっきり感じとった。

一方で、ヘレンは驚きのあまり、やたらと饒舌になり、やれ、どこで見つけたの、やれ、中身はもう読んだのとアルシーアを質問攻めにした。わたしもわたしで二、三の質問を浴びせた。だが、三方向から出された火災警報にもアルシーアは動じなかった。わたしのペースでしゃべらせないなら一切しゃべらないわよというのが彼女の常なのだ。

「ええ、実はね、こんな流れなの」アルシーアは階段の上り口のそばに置いてある背もたれの高い椅子に腰を下ろし、話し始めた。ヘレンとわたしは本棚の前の足載せ台に二人で半分ずつ座り、ケイト・ハットンは立ったままだった。「今朝、あなたたちが行っちゃったあと、ジョージが長距離電話をかけてきてね、今日は来られないって言ったのよ。エリザベスに、旦那さんが危険な状態から抜け出すまで一緒にいてほしいって頼まれたんですって」

このヘマに、わたしは足載せ台の片側から転げ落ちそうになった。ケイト・ハットンのポーカーフェイスでさえ一瞬崩れた。だがヘレンは遺言状のことで頭がいっぱいで、何も気づいていなかった。アルシーアは、自分が口を滑らせたことさえ知らずに早口でまくしたてた。

「もちろんわたしはがっかりよ。だって、モードさんは頭痛で部屋にこもりっきりだったから、話す相手すらいなかったんですもの。だから、あなたたちが戻ってくるまで何かやることはないかなって、あたりを見て回ったわけ。で、最初に思いついたのが例の隠された遺言状のこと。そのとき、大いなる閃《ひらめ》きに打たれたの」

アルシーアは芝居じみて、ここで沈黙した。

「ちょっと早く続けなさいよ！」ヘレンが命令口調で言った。今にもアルシーアを小突きたいのを必死で我慢している顔だ。「どんな閃き？」

これを境に、アルシーアはのらりくらりとした調子で話を進め始めた。まあ、そのみごとなこと。

「昨日の夜からずっと」アルシーアは遡《さかのぼ》って話し始めた。「本棚の前に出た幽霊のことを考えてたの。もちろん、世間で言われるような幽霊なんて、わたしは信じない。けどね、死んだ人の心残りが何かの形で現れるってことはあるかもしれないと思って。家の中での出来事への強い思いみたいなものが、敏感な人には感じられたり、もしくは……もしくは、ときに実際に目に見えてしまったりする、とかね。昨夜の出来事は、そんなことが原因じゃないかと思ったのよ。それで、もしそうなら……つまり、ウィンストン・フラッグの心残りが幽霊みたいなものになって本棚の前に現れたんだとしたら……遺言状はそこに隠されているという意味にちがいない。そこで、わたしは――」

「そこで、あなたが本棚の中を見たら、あったってわけね」アルシーアに代わってヘレンが結論を言った。「誰も読みやしない、こんな古本の中に忍ばせていたとはね！」

アルシーアは、せっかく工夫を凝らして話を盛り上げたのに、こんなふうに台無しにされるとは芸術に対する明確な破壊行為だと言わんばかりの顔をした。だが、結論を先回りされてしまっては、もはや、なすすべはない。

「そう」アルシーアは少々元気をなくして言った。「少なくともわたしは例の遺言状だと思ってるわ」

「思ってるわ？」わたしは聞き返した。「確証はないの？」

「表に『遺言状』って書いてあるもの」アルシーアは手に握ったままだった封筒にちらりと目を遣って答えた。「モードさんにも見せて、開封したほうがいいと思うか――ほら、封がしてあるのよ――訊いてみたんだけど、そんなことする権限はわたしたちにはないって言われたから」さすがタトル夫人。人並みの分別のある人でよかった！「でも、あなたとピートがいいと思うなら」アルシーアは期待に目をキラキラさせ、こう締めくくった。「みんなで一緒に開封することもできるわよ、ヘレン」

わたしたちは顔を見合わせた。当然湧き上がってくる好奇心と、良心とのせめぎ合いが始まった。考えたくもないが、危うく好奇心が勝ちを引き寄せるところだった。

「やめておいたほうがいいと思う」ヘレンは残念そうにしながらも、こう言った。「モードさんのおっしゃるとおり、やっぱりわたしたちに権限はないわ。わたしたちにできるのは、それを遺言執行者に渡すことね」

「でも、中身を見なけりゃ、誰が遺言執行者だかわからないでしょ」アルシーアは不満そうな口調で言った。

「もう一通の遺言状はグレゴリー・ノーランが執行者だから」ヘレンは答えた。「あの人に渡してもいいかもね」

そのとき、ケイト・ハットンが初めて口を開いた。

「だめよ！」指図するような鋭い調子だった。「それだけはやめてちょうだい」そして、彼女はアルシーアのほうを向いた。「ミセス・レイバーン、その遺言状はあたくしが預かります」

あまりに唐突だったので、みな口をあんぐり開けて彼女を見つめた。すると、いつものことながら、その口を誰よりも先に動かしたのはヘレンだった。

「ミセス・ベーカー、あなたが？」ヘレンは言った。「どういうことですか。遺言状をどうなさるおつもり――」

だが、ケイト・ハットンはヘレンの言葉を遮った。

「あたくし、ミセス・ベーカーではありませんの」彼女は低い声で言った。「正体を偽っていたこと、どうぞお許しください、ミセス・ブレーク」それから、アルシーアとわたしのほうを向いて言った。「今は結婚前の名であるケイト・ハットンと称していますけど、法的にはまだミセス・ウィンストン・フラッグなんです」

第六章　ケイト・ハットンの告白

　アルシーアもわたしも多かれ少なかれこの手のことを疑っていたとはいえ、実際に本人の口からそれが明かされると、なんとなく彼女に親近感のようなものが湧いた。ヘレンはといえば、あたかもその女性が自分はエリザベス女王、あるいはナポレオンの妻だと声高らかに名乗ったかのように、ケイト・ハットンの顔を穴の開くほど見つめていた。

「ヘレン、わたしたち、あなたにちゃんと説明して謝るつもりだから」わたしは言った。この事態に、ヘレンが刑務所送りにするのは一人だけだろうか、それとも三人一緒だろうか。「わたしたち――」

「あたくしに説明させてちょうだい、ミス・パイパー」ケイト・ハットンがわたしを遮った。「とにかく、すべてあたくしのせいなんです。あたくしを責めてください」

　続けてケイト・ハットンは、前日の豪雨の中、ぬかるんだ脇道でわたしたちと偶然会い、二四時間だけアルシーアの義姉のふりをさせてほしいとわたしたちを丸め込んだのだと簡潔に、だが臨場感たっぷりに説明した。話し終えると、悪いのは彼女一人で、アルシーアとわたしは自分の意思も感情もない無邪気な子羊にすぎず――いや、事実かもしれない――巧妙に道を迷わされてしまったかのような印象だけが残った。

「節操のないことをしてしまったのは承知しています」彼女はきっぱりと言った。「あなたの心のこもったおもてなしに付け込んだんです。でも、信じて。あたくしは藁《わら》にもすがる思いだった。正体を隠さずにあなたを訪ねて、遺言状を捜させてくださいと頼んでも無理なことはわかっていましたから。あたくしに遺言状を渡すのは禁じられていますものね。ケイト・ハットンというただの一市民があなたのおうちへ入る、適当な理由も思い浮かばなかった。そんなとき、ミセス・レイバーンとミス・パイパーに出会って、お二人がこれから訪問するおうちのこと、お義姉《ねえ》様が寸前になって来られなくなってしまったことをミセス・レイバーンが話してくれたんです。運命の神があたくしのためにチャンスをつくってくれたように思えたわ。そうしてお二人に、一緒に連れていってほしいとお願いしたんです。決してご迷惑はかけないとお約束して、二四時間経ったらお二人にもあなたにもすべてを打ち明けると申しました。お訪ねしてすぐに真実をお話しすれば、それを承知であたくしをこのおうちに入れたことがわかったとき、あなたも巻き込んでしまいますから。たとえご好意で受け入れてくれたとしても」

「ご事情は理解できたと思います」ヘレンはゆっくりと言った。その声に警戒すべき響きはなかったので、アルシーアもわたしも安堵のため息をついた。「それで昨夜、あなたは遺言状を捜そうとして……そして……」

「そして、主人の幽霊を見たんです」ケイト・ハットンはヘレンに代わって言葉を結んだ。自分の見たものに一抹の疑念さえ抱いていないように言いきった。「とにかく、昨日ミセス・レイバーンとミス・パイパーとお約束したとおり、一切の経緯《いきさつ》を話させてください」

ケイト・ハットンは階段のところまで進むと、最下段に腰を下ろした。そして両膝の上で骨ばった大きな手を組み、話を続けた。

「二五年前、あたくしはウィンストン・フラッグと結婚しました。最初のうちは二人とも、この上なく幸せでした。そのうち、しだいに喧嘩するようになった。主人はとても魅力的で誰にでも好かれたけれど、それは自分の思いどおりに物事が進んでいるときだけ。誰かが逆らおうものなら、その瞬間、傲慢な暴君に豹変する、そんな男だったの。その上、あたくしも強情者で」

鼻にかけるでもなく、言い訳がましくもなく、話は淡々と続いた。

「二人でオクラホマ州へ移り住むと、関係はますます悪くなりました。あたくしは西部が嫌いだったんです。孤独だったの。そうして、あるときひどい喧嘩をして、主人は東部へは戻らないと言いだし、あたくしは西部には残らないと言ったのを最後に、離婚することになったんです。離婚の手続きは、あたくしがフランスのパリへ行って進めることにしました。この国で手続きをすれば、世間の注目を浴びることになってしまいますから。主人はあたくしに正式な離婚扶養料を支払うのでなく、月に一度、生活費を送金すると約束してくれた。同時に、結婚してすぐに主人が書いた、あたくしを相続人とする遺言状にも手を加えないことになりました」

彼女はアルシーアが手にしていた封筒にちらりと目を遣った。話は続いた。

「あたくしはパリへ行って離婚手続きを始めました。けれども最終段階で、申請を取り下げたんです。おかしいとお思いでしょ。だけれど、気づいたんです。暴君と化す主人を憎み、縒《よ》りを戻すことは決してないのはわかっていながら、それでも主人に未練があると。ですが、あたくしも気位が高いものですから、それを主人に知られたくなかった。そういうわけで、主人には離婚は成立したと思わせておいたんです。

あたくしはアメリカに戻ってくると、結婚前のケイト・ハットンを名乗り始めた。主人はあたくしを養う約束は果たしてくれていて、そのまま年月が流れました。ところがある日、月に一度の小切手とともに手紙が送られてきたんです。そこには、再婚するつもりだと書いてありました。なぜだか、そうしたことが起こるとは夢にも思っていなかったので、あたくしは仰天しました。すぐに返事を書き、離婚手続きを終えていないことを白状した。けれども返事はありませんでした。

自分はどうすればいいのだろうか、そして主人はどうするだろうかと、あたくしは途方に暮れました。主人は少しでも邪魔が入ろうものならますます意固地になって自分の思いどおりに進もうとする男だったことが頭をよぎり、きっと、あたくしが事実を伝えたのもおかまいなしで再婚しようとするだろうと思いました」

「婚約相手の女性に手紙で伝えることはできなかったんですか」アルシーアが口を挟んだ。

「それも考えたわ」ケイト・ハットンは答えた。「でも無理だった。なにしろ、その女性の名前すら知りませんでしたから。何をどうすればいいか思案していた、まさにそのとき……主人が死んだと新聞で読んだの」

彼女は「そのあとのことは、もう、みなさんご存じでいらっしゃるわね」と続け、ここから先は言いにくいとでもいうように、途切れ途切れに話し始めた。「ブランドンという男性を相続人にした新しい遺言状が見つかって、ブランドンが溺れ死んで、その未亡人が遺産を要求し、あたくしが異議を申し立てた。そんなことをするなんて恥も外聞もないのかと、きっとあなたがたはお思いね。ええ、おそらく恥も外聞もなかったんです。でも、あたくしの置かれた状況を考えてもみて。主人が死んで、唯一の収入源が絶たれてしまった。あたくしには生計を立てていくすべがない。月々送られてきていたお金は、大金を貯めておけるほどの額ではなかった。あなたがたも中年になってこうした状況に陥れば、恥や外聞なんてどうでもいいと思えるものよ」

「あなたはちっとも悪くないと思います！」ヘレンが感極まって大声を出した。「ご主人を殺した男の奥さんなんかより、あなたのほうがご主人のお金を受け取る権利があるに決まってます」

「そう感じていただけたなら嬉しいと思っていたわ」ケイト・ハットンはこう言ったあと、皮肉を込めた笑みを浮かべた。「でも、裁判所はそう思ってくれないようだと、すぐに気づいたのよ。キャロル・ブランドンは、あたくしがどうにか費用を工面して雇うことのできた弁護士よりも優秀な弁護士と契約した。加えて、その女性はかなりの若さと美貌の持ち主。あたくしにはそのどちらもない。もう、おわかりね」皮肉っぽい笑みは、ゾッとするような笑みへと変わった。「ほぼ男性社会の裁判所で、それが何を意味するのか」話は続いた。

「そして、裁判が秋まで持ち越されることになって、あたくしは絶望的になった。手持ちのなけなしのお金では、これ以上裁判は続けられない。それに加えて、弁護士に言われたんです。こうなっては最初の遺言状を見つけるしか勝算はない、と。あたくしは、最後のひと頑張りをして遺言状を手に入れようと思いました。そして、ちょうどそのとき」彼女は視線をアルシーア、それからわたしへと移し、「お二人に会ったのよ」と言った。

「最初は、運が自分に向いてきたように思えた。そうしたら昨夜、主人の古くからの友人だったグレゴリー・ノーランが晩餐に現れて、あたくしに気づいた。あたくしの正体をすぐに暴露するだろうと思ったけれど、なぜだかそうしなかったわね。どうしてかしら。理由は今もわかりません。けれども、あたくしがここにいるのをキャロル・ブランドンと彼女の弁護士に伝えるのは時間の問題でしょう。だから一刻も早く行動を起こさなければならなかった。そして夜中になって、家の中が静かになるのを待ち、あなたがたが眠ってしまうのを見計らって遺言状を捜しにお部屋を出たの。ところが階段を下りようと一歩踏み出したとき……見たのよ、蠟燭を手にそこの本棚の前に立つ人影を」

ケイト・ハットンはこう言いながら、まさにその場所に目を向けた。恐怖が半分と、信じたくないけれどまちがいないという確信が半分の表情が、彼女の顔に広がった。

「昨夜の刑事さんはあんな説明をしたけれど、あの人影は主人の幽霊だったとあたくしは信じています。

今思えば、あのときあなたがたにすべてをお話しするべきでした。けれどもあれを見て、あまりに気が動転して思い至らなかった。そのあと幽霊のことを夜通し考えて、ついに結論が出たんです。今朝ミセス・レイバーンも考えたように、本棚の前に幽霊が現れたのは遺言状がそこに隠してあるからにちがいないと。

裁判は今日の午前中に再開される予定でした。そういうわけでミセス・ブレーク、あなたとミス・パイパーと別れたあと、あたくしは弁護士に会いに行って、新たな証拠を提示するためにあと少し時間が必要だから、開廷したらすぐに二四時間の休廷を求めてちょうだいと言ったんです。そして、ここへ戻ったらあなたがたに真実をすべて打ち明けて情けにすがって味方になってもらおうと考えたの。けれどもミセス・レイバーンが遺言状を見つけたので、あたくしの計画はここまでとなりました――でも、もし」ケイト・ハットンは期待を込めた眼差しで、わたしたち一人ひとりを見た。「その遺言状をあたくしに渡してもかまわないとみなさんが思ってくださるなら」

ヘレンにしてもわたしにしても断固拒否するつもりはなかったと思う。するとアルシーアが、わたしたちを代表して判断を下した。彼女は椅子から立ち上がった。

「ミス・ハットン」アルシーアは芝居がかった口調で声高らかに言った。「この遺言状はあなたのものです。さあ、受け取って」

ここで水を差したのは、わたしだった。

「待って。ミス・ハットンが自らその遺言状を持っていったら、禁じられているのにこの家に入ったのを証明することになって、証拠として採用するのに相手側が異議を唱えるかもしれないよ。偽物だと主張して破棄を求めるおそれだってある。

だから、こうしたらどうかな。ヘレンが見つけたことにして、ヘレンが持っていくの。ヘレンが個人的にこの話に興味をもっていたとしても誰も責められないでしょ。それに、ヘレンが遺言状を捜すつもりだったってことはグレゴリー・ノーランもわかってるし。昨日《きのう》の夜、はっきりそう言ったものね」

ケイト・ハットンはあまり気乗りしない顔をした。

「でも、あたくしがここにいるのをグレゴリー・ノーランは知っているのよ」と、彼女は指摘した。

「あの男はきっと――」

「あの男がどう思おうとかまいやしないわよ！」今度はアルシーアが言った。「わたしたち、この遺言状を見つけたあとにあなたの正体を知ったって主張すればいいじゃないの。だって本当だもの」と、彼女は最後につけ加えた。

「それがよさそうね」ヘレンも首を縦に振った。「でも、その遺言状、誰に持っていけばいいの？グレゴリー・ノーラン？」

「違うよ」わたしは言った。「だって、ミスター・ノーランはもう一通の遺言状の執行者なんでしょ。

だったら、彼はミセス・ブランドン側の人間ということ。ミス・ハットンのためにわたしたちがフェアプレーするなら、渡す相手は彼じゃない。どちらの側とも利害関係のない第三者かつ、それを扱う権限のある人じゃないと」

そこから先をわたしが考える必要はなかった。ヘレンがすでに何マイルも先回りしていた。

「いるわ！」ヘレンは大声で言った。「あなたが市庁舎でおしゃべりしてた、あのトリローニーさんよ。郡の検察局と関わりがあるって言ってたわよね」

「そのとおりね！」とアルシーアが言い、あなた、最初からそうしようっていう魂胆だったでしょとほとんど疑っているような目をわたしに向けた。

この落着にケイト・ハットンが難色を示してくれないかとわたしは願っていたのだが、そうはならなかった。最終的に、ヘレンでなく実際の発見者であるアルシーアとわたしでその日の午後にトリローニーのところへ遺言状を持っていき、どうするべきか彼に判断してもらうことになった。

第七章　本物か、偽物か

午後になり、アルシーアとわたしは電話番号簿でトリローニーの住所を見つけると、マシンガンに乗って彼に会いに出かけた。マシンガンは、あれやこれやしているうちにレッカー車でぬかるみの穴から救い出されていたのだ。

玄関の呼び鈴を鳴らすと家政婦さんが出てきた。レンスター（アイルランド南東部の地方）にいたころから一切変えていない強いアイルランド訛りでしゃべる年配の女性だった。

「トリローニー様なら、テンプルトン様とご一緒に書斎にいらっしゃいます」家政婦さんはそう教えてくれたあと、ご主人様に下心があるのではないかしらと疑うような目をわたしたち二人に向けた。

「お入りください」

トリローニーはわたしたちの姿を見るなり、さも嬉しそうに大声を出して立ち上がった。

「今日はいい日になりそうだ」と彼は言い、リン・テンプルトンを紹介した。「だから」わたしたちの顔を見て訪問の目的を察したにちがいない。「フラッグ事件のことで来ただけですからなんて言って、僕の一日を台無しにしないでくれよ」

「台無しにしてごめんなさいね」わたしは言った。「新たにわかったことがあったらすぐに知らせてくれって言ったのはあなたでしょ。で、わたし……というかアルシーアなんだけど、見つけたの。物的証拠を」

「もう一通の遺言状かい？」トリローニーは持ち前の直感ですかさず反応した。

そうなんですとアルシーアが返事しようとしたので、わたしは彼女を制した。

「その話に入る前に」わたしはリン・テンプルトンを横目でちらりと見た。「テンプルトンさんに確約してほしいの。そうした遺言状を出しても無効にしようとしないって」

テンプルトン弁護士は少しばかりショックを受けたような顔をした。

「ミス・パイパー、当然ながら、わたしの第一の職務は依頼主であるミセス・ブランドンの利益を守ることです」テンプルトンは堅苦しい口調で言った。「ですが、そうだとしても、非倫理的あるいは違法なことをするまで身を落とすつもりはありません。もし新たな遺言状が見つかり、偽造でないと証明できるのであれば、異議申し立てをしないよう依頼主に忠告するまでです」

トリローニーがニヤリとした。

「でも、君自身が同じようなことをやったじゃないか、リン君」トリローニーは指摘した。「そもそも君が、もう一通の遺言状を捜す許可をミセス・フラッグに与えるのに異議を申し立てたんだろ」

「たしかにそうだが」テンプルトンは自己弁護を始めた。「なぜなら、そうした遺言状が存在するとはまったくもって信じていなかったからだ。それに、捜してよしと許可が下りたとしたらミセス・フラッグは」彼はここで口をつぐみ、専門家として細心の注意を払って言葉を選んだ。「信憑性が疑われるような文書を出してくる可能性がある」

「いいだろう」トリローニーは彼の言い分を認めた。明らかにこの状況を楽しんでいた。「君の高い志は信じてあげるとして、さて、君がいい子にしていると約束するなら、ここでこのままパイパーさんとレイバーンさんの話を聴かせてあげてもいいがね」

トリローニーはアルシーアとわたしに紙巻きタバコを差し出し、それから自分のパイプに刻みタバコを詰めて火を点けた。テンプルトンはといえば渋い表情で威厳を保とうとしていたが、最後は抵抗をやめて従順な笑みを見せ、椅子に深々ともたれた。

アルシーアが発見者の立場から、本棚の中で遺言状を見つけたこと、さらにはケイト・ハットンの告白の内容も伝えた。聴き手の二人は一心に耳を傾け、話し手を喜ばせたが、いく度かリン・テンプルトンが質問を挟みたくて身悶えしているのをわたしは見逃さなかった。アルシーアの話が終わると彼はすぐさま質問をぶつけてきた。

「それでミセス・レイバーン、あなたはその遺言状を本棚の中で見つけたわけですね。ミセス・フラッグ――今はミス・ハットンと名乗っている女性のことです――が昨晩、幽霊がその前に立っているのを見たと言った本棚の中で」

アルシーアは首を縦に振った。

「そうです。あの人がその……幽霊を見たと言ったから、そこを最初に探ろうと思ったんです」

テンプルトンは優越感の表れた笑みを浮かべた。弁護士が裁判を自分に有利にもっていこうとして相手側の証人の証言を曲解しようとするときに決まって見せる、あの笑みだ。

「それでは、ミセス・レイバーン」彼は言った。「考えてみてください。昨晩、あなたとほかのかたがたが階段の下り口で、いかにも気絶しているように倒れているミス・ハットンを見つけたとき、あとから本人がそう説明した以外に彼女が階段を下りようとしていた証拠はあったのでしょうか。あなたがたがご自分の寝室から出てきて目撃した状況から判断するに、彼女がちょうど階段を上ってきた可能性も同様にあったのではないですか」

ときおり突拍子もないことを考えついたり、とんでもなく浅はかなことをしたりするアルシーア・レイバーンではあるが、彼女は抜け目がない。テンプルトンが話を運ぼうとする先を、わたしより早く見抜いていた。

「わたしの主人も弁護士なんですのよ、ミスター・テンプルトン」アルシーアは気取った口調でテンプルトンに言った。「ですから、おっしゃりたいことはわかりますわ。いいえ、ケイト・ハットンが階段を下りて自分の手で遺言状を本棚の中に入れてから、また二階に上ってきて幽霊を見たと騒ぎたてて、わたしたちの誰かがあとから下へ行ってそれを見つけるよう仕向けた可能性はありませんわよ。あのとき、わたしはたまたま目を覚ましていて、あの人が寝室の扉を開けて廊下に出てから一分もしないうちに叫び声をあげたのを聞いたんですから。納得していただけましてて？」

リン・テンプルトンは、膨らましていた艶々《つやつや》の美しいゴム風船が目の前でいきなり弾《はじ》けたような顔をした。トリローニーはテンプルトンの敗北に大笑いした。

「当然の報いだね、リン君。証人を誘導尋問しようとするからさ！」トリローニーは大声で言ったが、そのあと真剣な口調になって続けた。「ですがレイバーンさん、今の点も一考の余地がありますよ。その遺言状はしばらくのあいだ本棚の中に入っていたのか、それとも入れられて間もないのか、わかりそうな手がかりはないでしょうか。ミス・ハットンでない人物が入れたかもしれません」アルシーアが反論しそうな顔を見せたので、トリローニーは最後のひと言をつけ加えた。

アルシーアはその質問についてしばし考えていた。

「ないです」考えた末に正直に答えた。「本棚は鍵がかかっていなくて、遺言状は分厚い歴史の本に挟んでありました。本のてっぺんから封筒が四分の一インチ（約六ミリメートル）くらい突き出てたんです」

トリローニーはその発言に飛びついた。

「それならわかるかもしれない。封筒を見せてもらえますか」

アルシーアは封筒をハンドバッグから取り出し、トリローニーに手渡した。彼はそれを窓辺へ持ってゆき、表面と裏面を丹念に観察した。

「がっかりさせて申し訳ないが」しばらくしてトリローニーは言った。「この封筒は、あなたの見つけた場所に一年とかなんとか長い期間あったものじゃないですね。ウィンストン・フラッグがそこに入れたとしたら、一年はあったことになるはずです。それだけの期間入っていたなら本の上に突き出ていた部分が変色しているはずじゃないかな。ですが、ご覧のとおり、どちらの端も染み一つない」

リン・テンプルトンの名誉のためにこれだけは言っておこう。彼は勝ったとばかりにほくそ笑むような品に欠ける男ではなかった。そういうわけで、彼に対するわたしの評価は上昇した。

「でも、ケイト・ハットンがあそこに入れたはずはありませんわよ！」アルシーアは反論した。「あの人が寝室から出ていく音を、この耳で聞いたんですから。階段の下り口より先に行く時間はありませんでした」

「ミス・ハットンでなく、玄関広間にいるのを見て彼女が自分の夫の幽霊だと思い込んだ人物の仕業ではないですかね」トリローニーは答えた。「さて、僕にはこんなことをする法的権利は一切ないのを承知で、今からこの封筒を開けて中身を見ます」

トリローニーは真鍮のペーパーナイフを机の上から取ると、封筒のふたの下に刃を差し込んだ。封筒はシューと音をたてて切り開かれ、彼は中身を引っぱり出した。

出てきたのは一枚の紙で、両面に手書きの文字が並んでいた。トリローニーは封筒を観察するために窓辺へ行ったとき椅子の肘かけの上に置いたパイプを取り上げ、口の端に突っ込むと、ゆっくり腰を下ろし、二四年近く前にウィンストン・フラッグが書いたとされる文面を読み始めた。テンプルトンも好奇心を抑えられずに立ち上がり、トリローニーの椅子の後ろに回り込んで彼の肩越しにそれを読んだ。

アルシーアとわたしはじっと座ったまま、その紙に書かれた内容を察することはできないかと男性二人の顔を凝視した。トリローニーは無表情だったが、テンプルトンはそこまでなりきれず、最初の数秒で驚きの表情から信じられないといった表情へ、さらには当惑で頭に霧がかかったような表情へとその顔は変わっていった。

「どういうことなんだ!」二人同時に最後まで読み終えると、テンプルトンは思わず声を荒らげた。

「ありえない! なぜ……ど、どうして……」

「君にしてみたら、とんだしっぺ返しを食らったってところだね、リン君。そうだろ?」トリローニーは毒のある笑みを見せた。「つまり、君がこのあとも自分の見解を貫き通すならね」

そうしてトリローニーはその紙を手にしたまま、アルシーアとわたしに再び目を向けた。

「これを一日かそこら預かってもいいかな」と、彼は言った。「フラッグの筆跡見本と照合したい」

「ということは、やっぱり本物ではないんですね」アルシーアはがっかりした様子を見せた。

「まだわかりません、レイバーンさん」トリローニーは真面目くさって答えた。「ですが、あなたがたのお友だちのミス・ハットンのために本物でないことを祈りましょう。なにせ、この遺言状では、遺産の受取人はキャロル・ブランドンとなっているんですから」

アルシーアは口をぽかんと開けてトリローニーを見つめた。わたしはといえば、生まれてこのかた驚愕の出来事はいくつか経験してきているとはいえ、まさしくこれは青天の霹靂だった。

「キャロル・ブランドン！」トリローニーの言ったことを正しく理解していないのかもしれないと瞬間的に思ったわたしは、その名前を声に出してみた。「でも……でも、それってテンプルトンさんの依頼主の名前でしょ！」

「そのとおり」トリローニーは頷《うなず》いた。「テンプルトン君にしてみたら、ちょっとしたしっぺ返しを食らう展開になったと、たった今言ったのはそういうわけだ。ピーター、これはミス・ハットンが捜していた遺言状じゃない。さらなる第三の遺言状だ。ジョン・ブランドンを遺産受取人にした遺言状の二日後の日付が書かれている。ちなみにここには、これ以前の遺言状はすべて無効にすると明記した条項もある」

「でも……でも、そんなのおかしい！」わたしは口ごもりながら言った。「いったいどうしてウィンストン・フラッグがキャロル・ブランドンを相続人にするの？　縁もゆかりもない女性だったはずでしょ。それより何より、その人の旦那さんを相続人にした遺言状を書いた、たった二日後にそれを書くなんてどういうこと？」

「僕だって知りたいよ」トリローニーは目の前に浮かぶタバコの煙をふっと吹き飛ばし、それが宙でゆっくりと形を崩してゆく様子を険しい表情で見つめた。「どこかでいかさまがおこなわれているのは火を見るよりも明らかだ。背後にいる人物の洗い出しは容易じゃなさそうだな。もしこの遺言状が偽造されたものだとしたら、見つかった場所に入れられた理由で考えられるのは、さしあたり二つのうちのどちらかだろう。だが、偽造でないとしたら……」

「でないとしたら……何？」彼が口をつぐんだので、わたしは先を促した。

けれどもトリローニーは、裏づけのとれた確たる証拠がないかぎり仮説は論じない。

「ああ、君が今朝、君たちの真夜中の恐怖体験の話をしてくれたとき、ちょっと頭をよぎったことがあってね」彼は話をはぐらかした。「だが、この遺言状が本物かどうかわかるまでは成り行きを見守ることにしよう。そのあいだ君たち二人、君もだ、リン君、この遺言状の内容を誰にも漏らさないよう頼むよ。僕たちがみな少しのあいだ鳴りを潜めていれば、痺《しび》れを切らして動きだし、尻尾を出す人物が現れるかもしれない」

第八章　新聞社から来ました

「さあ！」〈幽霊の館〉への帰路、車を走らせるやアルシーアが少々息を荒くしながら叫んだ。「あれについてどう思ってるの？」

「あれ」とは、このほど発見された遺言状で遺産受取人がケイト・ハットンでなくキャロル・ブランドンになっていたことを指しているのだとわたしは理解した。

「よくわからないけど」わたしはゆっくりと口を開いた。「あの遺言状が偽造されたものだとしたら、あそこに入れた理由は二つのうちのどちらかだとテッド・トリローニーが言った意味の見当はつく。もしキャロル・ブランドンの仕業なら、万が一、昔の遺言状が見つかったとき遺産が全部とは言わないまでも持っていかれちゃうのがいやで、やったんでしょうね。でも、もしケイト・ハットンの仕業――嚙みつかないでよ、可能性を考えてるだけだから――だとしたら、すぐに偽物とばれるように仕組んでおいて、キャロル・ブランドンがやったように思わせて彼女の信用を落とそうとする魂胆じゃないかな。だって、受取人がミセス・ブランドンなんだから、当然ミセス・ブランドンに疑いがかかるでしょ」

アルシーアは眉根を寄せた。

「最初の憶測はちょっと安直すぎるし、二つ目のはちょっと複雑すぎるわね」と彼女は意見してから、こう質問してきた。「じゃあ、もう一つの可能性はどう？　あの遺言状が本物という可能性」

「その可能性はつじつまが合わない、というのがわたしの意見」と、わたしは答えた。「もし本物だったら、当然ながらケイト・ハットンはシロね。あんなもの絶対に見つかってほしくないはずだもの。そうなると、あそこに入れたのはキャロル・ブランドンしかいない。ひょっとしたらグレゴリー・ノーランがキャロル・ブランドンのためにやったのかも。でも、ミセス・ブランドンにせよ、グレゴリー・ノーランにせよ、あの遺言状を持っていたんだったら、どうしてもっと前に出してこなかったの？　持っていたのでないなら、今さらどこから手に入れたの？」

アルシーアが答えなかったので、しばらく無言で車を走らせた。と、突然、彼女がこんなことを言いだした。

「ねえ、ピート、わたしたち、そのミセス・ブランドンとどうにか話せないものかしら。どんな女性なのか知りたいわ。それに、何か新しいことがわかるかも」

「そうかもね」わたしも異論はなかった。「でも、そんなことできるわけないよ。だいたい宿泊先も知らないし。それに、いったいどんな理由をつけて会うのよ」

だが、アルシーア・レイバーンはいったん何かを企み始めたら、その程度の障害で突き進むのを諦めたりしない。

「わたしたち、新聞社のお涙ちょうだいものの記事を書く婦人記者で、特集を組む予定だから取材させてもらいに来ましたって言えばいいのよ」すかさず答えが出てきたところを見ると、言いだす前からこの計画を練っていたのはまちがいない。「宿泊先についてはホテルを虱潰《しらみ》しに当たって、名前が宿泊者名簿にあるか訊いてみればいいわ」

そんなにすんなり行くものか！

「でも、アルシーア」と、わたしは反論した。「フィラデルフィアにはごまんとホテルがあるんだよ。どれだけ時間がかかるか」

「別に急いでもいないでしょ」アルシーアは冷静沈着に言い返した。

すったもんだの末、一か八か計画を実行に移すことになった。ときに神様は愚か者と見ると手を差し伸べてくれる。訪れた二軒目のホテルで、わたしたちは獲物を仕留めた。そして、それに劣らず驚いたことに、その女性は取材に応じてくれたのだ。

キャロル・ブランドンはわたしたちを自分の居室兼寝室の部屋に招き入れ、わたしは初めて間近で彼女の顔を見た。間近で見ると、午前中に遠目で見たときより遥かに好印象を受けたと言わないわけにいかなかった。息を呑むほど美しく、誰もがころりと参ってしまうほど艶《なま》めかしいとしか表現できない、そんな女性だった。本人にその気はなくとも自ずと男を虜にしてしまうタイプだ。一方で、わたしたちのこの申し出を自分に風向きがよくなるよう利用してやれと思うふうでもなく、むしろ、そんなことにはまったく関心がなさそうに見えた。彼女はごく自然に丁重にわたしたちを迎えると、話が本題に入るのを待った。

取材を主導したのはアルシーアだった。この手のことはわたしよりも遥かに得意だ。取材にあたっての前置きが終わるころには、フィラデルフィアきっての一流紙が、この独占取材を大々的に扱う特別号の発売を大いに期待しているかのように思わせていた。

キャロル・ブランドンは少々驚くと同時に、少々くすぐったそうに――彼女も生身の人間ということだ――した。

「世間の人が、そんなにわたしに興味があるとは知りませんでした」彼女は言った。控えめで温かみのある声は、オルガンの音色のように豊かで柔らかかった。「どういうことをお聴きになりたいのでしょう、ミス・クレートン」（アルシーアの提案で、わたしたちは偽名を使うことにした。理由は言わずもがな）「取材など受けたことがありませんから、何からお話しすればいいのかわかりません」

わたしなら、こんな質問をされただけで口ごもってしまうにちがいない。だが、アルシーアは別だ。「まず」アルシーアはまばたきもせずに答えた。「ジョン・ブランドンとの出逢いから結婚に至るまでを詳しくお聴かせ願えますか」

いきなり死んだ夫の名前を出され、何かしら心の動揺を見せるだろうとわたしは半ば予想していたが、その予想は裏切られた。膝の上でやんわり組んだ両手にほんの一瞬、視線を落としただけで、彼女は極めて冷静に話し始めた。

「残念ながら、たいして華々しくもなければロマンチックでさえありませんけれど、ありのままをお話しします。ジョン・ブランドンとは一年半ほど前に、わたしがオクラホマシティの小さなレストランで給仕をしていたときに出逢いました。二、三度、店を訪れたことのあったあの人に、君の次の休みの日の夜にデートしないかと誘われ、わたしは拒みませんでした。

そのあともたびたび誘われて、たいていは一緒にお芝居を見てから食事をしました。そのうちに、あの人は町を訪れると必ず――最初のデートの夜に、自分はオクラホマ州の別の町にある石油会社の社長秘書だと教えてくれました――会いに来るようになって、四カ月ほど経ったころ、わたしは結婚を申し込まれたのです。

正直にお話ししますが、あの人に深い愛情を抱いていたわけではありませんでした。ええ、そうなんです。年歳《とし》も二〇近く上でした。でも、嫌いではありませんでしたし尊敬していました。なので、それでもよければお受けしますと答えたんです。

数週間後に結婚する予定でした。けれども結婚式まであと三日ほどとなったとき、あの人はわたしのところへ来て、商用で社長とともに東部へ行かなければならなくなったから戻ってくるまで結婚を延期してほしいと言ったんです」

「それで、待つことにしたんですね」彼女が口をつぐんだので、アルシーアが質問した。

キャロル・ブランドンの両頬に影が差し、組んだ両手の上に視線が再び落ちた。

「ええ」彼女は言った。「あなたがどんなふうに思っていらっしゃるかわかります、ミス・クレートン。今すぐ結婚して一緒に行こうと言わなかったのは妙だとお思いですよね。わたしもそう思いました。でも、だからこそ結婚の延期を承諾したんです。包み隠さずに言えば、きっとあの人は婚約を後悔して、手っとり早くこの話から逃げる口実として仕事をもちだしたのだろうと思いました。ですから、わたしはあえて何も言いませんでした」

彼女はしばし間を置いたあと、「けれども、それは大きな誤解でした」と続けた。「一カ月半ほど経った日の夜遅く、あの人はわたしのアパートに現れ、とんでもなく厄介な事に巻き込まれたと言ったんです。社長が銃で命を落とし自分に殺人容疑がかかっている、と。自分は無実だから、すぐに結婚して一緒にメキシコに逃げてくれないかとあの人は言いました。

わたしはあの人の無実を信じました――今も信じています。そして、困っている彼を見捨てるのはまちがっていると思ったんです。次の日、わたしたちは結婚しました。けれども、それが致命的なまちがいだったんです。メキシコに到着するまで待つべきでした。わたしたちの結婚が新聞の告知欄に載ると、ジョンの名――そのころには、あの人は全州に指名手配されていました――が多くの人の目に触れ、わたしたちが逃げ出すより早く警察が迫ってきたんです。あの人はどうにか一人で逃げたのですが……ああ、そのあとのことはご存じですね」

キャロル・ブランドンは両手を小刻みにわなわなと震わせる動きを見せた。だが、彼女が意図的に伝えようとしているらしい心情は、なぜだか伝わってこなかった。夫の非業の最期を語る女性の悲哀は感じられず、如才ない女優の、技術的には完璧だが真に迫った感情のこもっていない演技を見せられている印象だった。彼女自身の告白を信じれば、たしかにその男に深い愛情を抱いていたわけではなかったのだろうが、そうだとしても、夫の死を思い出し、多少の心の動揺があってもいいのではないだろうか。しかも、動揺していないなら、なぜ動揺しているふりをしなければならないと思うのか。

キャロル・ブランドンの話が再び始まった。

「一週間ほどして」彼女は言った。「亡くなったウィンストン・フラッグという男性が遺言状でジョンを相続人にしていて、それが殺人の動機と思われると書かれた新聞記事を読みました。そこでわたしは、東部に来てジョンの未亡人としてその遺産を要求しようと決めたんです。

こう決心したのは、ただのお金目当てではありません。わたしはそこまでお金に執着はありません。そのお金を利用できると思ったことはたしかですけど。もしお金を受け取ることができたら、それを使って夫の汚名を――」

電話機がルルルルと低い音を発し、話は中断した。彼女はちょっと失礼しますと言って、後ろを向いて電話に出た。

「ええ、そうです。キャロル・ブランドンです」相手からの問いに答えたのだろう、彼女は名乗った。そのあと、いきなり驚かされたように声が大きくなった。「なんですって……今夜ですか……ええ、ええ、もちろんです。わかりました……今、お客様がいらしているので、のちほど、こちらからかけ直します」

彼女は受話器を受け台に戻すと、アルシーアとわたしのほうへ向き直った。

「ミス・クレートン、ミス・グリーン」ほとんど息もつけないような様子だった。それまでやんわりと組んでいた両手はぎゅっと絡まり合っていた。「申し訳ないんですが、ここまでにしていただけますか。わたし……今の電話は、わたしの弁護士からだったんですが、彼が……弁護士が、今すぐ会いたいと言うものですから」

見え見えの嘘だった。わたしたちが嘘だと気づいているのは彼女もわかっていただろうが、おかまいなしだった。一刻も早くわたしたちに出ていってもらい、約束どおりその人物に折り返し電話をかけたい一心だったのだろう。

わたしたちは、すぐにお暇《いとま》した。ほかに選択肢がなかったからである。マシンガンに再び乗り込み、わたしがエンジンをかけると、アルシーアは息巻いた。

「あの電話、テンプルトンさんじゃないわよ、絶対に！　ピート、わたしが何を考えてるかわかる？」

「たぶん、わたしと同じこと」マシンガンを車線に寄せながら、わたしは答えた。「でも、聴いてあげるよ」

「彼女の話、旦那さんが死ぬ前までは本当だったと思うの」アルシーアは声を張りあげた。「でも、そのあと、市販薬の広告よりひどい嘘が始まったわね。ピート、わたし、ジョン・ブランドンはメキシコに逃げようとして溺れ死んじゃいないと思うわ。まだ生きてるのよ。それで、彼女もそれを知ってるんだわ。それだけじゃなくて」ここが話の山場とばかりにアルシーアが車のハンドルを拳固でドンドン叩いたので、マシンガンはちょうど脇を通り過ぎようとしていた駐車中の車のフェンダーを危うくもぎ取るところだった。「たった今電話をかけてきたのは、ジョン・ブランドンだと思うわ！」

最後の部分は考えてもみなかった。だが、その可能性はあると言わざるをえない。もしブランドンが生きている——わたしも生きているのはまちがいないと思う——なら、自分の妻にときおり連絡するのは当然だろう。とりわけ、フラッグの遺産をめぐる裁判がこれから再開されることを考えると。だが、わたしはまた別の問題に心をざわつかせていた。この時点ではこちらのほうが遥かに重要に思えた。

「彼女の話の中で、もう一つ気になる点があるんだけど、アルシーア」ジョン・ブランドンがまだ生きている可能性を述べたアルシーアに同意したうえで、わたしは切り出した。「彼女によれば、ブランドンと彼女が結婚したのはフラッグが死んだあとということだったよね、憶えてる？」

「そうね、たしかに」アルシーアは不思議そうな顔で首を縦に振った。「でも、どうしてそれが重要なの？　二人が結婚した時期によって何か違いが出てくる？」

今度はわたしが驚愕の事実を伝える番だった。

「こんな違いがあるよ」わたしは得意満面で言った。「二人の結婚がフラッグの死んだあとだとしたら、それはすなわち、あの最後の遺言状が書かれたはずの日のあとに結婚したということ。なのに、あの遺言状では、ウィンストン・フラッグの相続人はキャロル・ブランドンとなってた。でも、その時点では、彼女の名前はキャロル・ブランドンでなかったはず！」

アルシーアの目の前を猛烈な勢いで光が走ったらしい。彼女は目をぱちくりさせた。

「まあ、なんてことかしら！」アルシーアは喘《あえ》ぎながら言った。「これでわかったわね、あの最後の遺言状が偽物ってことが！」

第九章　霊廟

　ようやく〈幽霊の館〉へ戻ると、タトル夫人が自宅へ帰る準備をしていた。〈幽霊の館〉は自分の体質と感受性に合わないようだと判断したのだった。そういうわけで、夕食が済むなり、ヘレンの運転する車でアルシーアに付き添われて、ハンドバッグと旅行かばんを持って鉄道の駅へと出発してしまった。

　三人がいなくなると、わたしは独り静かにその日の午後の出来事を振り返ることにした。ここにきて、あの最後の遺言状が偽物なのは確実なようだが、トリローニーが本物の可能性をほのめかしたことが脳裏から離れなかった。朝、市庁舎で前日の夜のわたしたちの恐怖体験の話を聴いて頭をよぎったことがあると彼は言ったが、それは何だろう。わたしは彼に話した内容を注意深くつぶさに思い返してみたが、ああ、あれかと思い当たるようなことは何もなかった。第一、あのときは新たな遺言状の存在など誰一人想像さえしていなかったのだから。

　ビルの小さな書斎でソファベッドの端っこに載って体を丸め、この疑問について思案に耽っていると、ケイト・ハットンが入ってきた。最初のひと言で、わたしを捜してこの部屋へ来たのだとわかった。

「ミス・パイパー、教えていただきたいことがあるの」彼女はわたしの向かい側にあった椅子に腰を下ろしたが、その視線のあまりの鋭さに、わたしはソファベッドの背もたれに釘づけにされた気分になった。「なぜ、あなたのお友だちのミスター・トリローニーは遺言状を返してくださらなかったの？」

「ああ、それ……それは、夕食のときに説明しませんでしたっけ」白々しい嘘をつく人ねと思われませんようにと願いながら、わたしは質問をはぐらかそうとした。「然るべき機関に渡すんです」

彼女の視線はますます鋭くなった。

「本当に理由はそれだけ？」彼女は引き下がらない。

「ほかにどんな理由があるんですか？」ぴくりとも動かない視線に突き刺され、今じゃなかったらのた打ち回るところだと思いながら、わたしは言い返した。

ほっとしたことに、彼女は目を下に向けた。

「わからない」真情を吐露するように彼女は言った。「何もかも、どう考えればいいのかわからないのよ。正体不明の力で八方塞《ふさ》がりになってしまった気分なの。いったいあたくしはどちらを向けばいいの？」

彼女は片方の手の指先で、座っていた椅子の肘かけの上をトントンと神経質そうに叩きだし、もう片方の手では傍らのビルの机の上に置いてあった虫眼鏡を心ここに在らずの様子で弄《もてあそ》んでいた。喧嘩腰の態度はいきなり消えたように思え、そこにあるのは負けの見えている戦いに独りで臨まざるをえない、盛りを過ぎた冴えない中年女性の姿だった。予期せずわたしは彼女が気の毒になり、多少なりとも慰めと励ましの言葉をかけたくなった。

「ミス・ハットン」わたしは思わず口を開いた。「おそらく言ってはいけないんですけど、でも、言います。トリローニーさんが遺言状を返さなかったのには、ほかにも理由がありました。どんな理由だったのかはお伝えできません。なぜって、わたしにもよくわからないから。けれどもきっと、あなたの利益を守るためだと思う」

ケイト・ハットンは顔を上げ、再びわたしに視線を向けた。その目には、それまでなかった希望の光が見てとれた。だが同時に、不審の色も消えていなかった。

「あたくしの利益?」彼女は聞き返した。「ミス・パイパー、いったいどういう意味かしら。もし、あの遺言状が二〇年以上前に主人の書いたものなら、主人の遺産を受け取る権利はあたくしにあるのを証明しているのだから、返してくれるのがあたくしの一番の利益でなくて? 返してくれれば検認（遺言状の存在および内容を裁判所が確認する手続き）を受けるよう弁護士に言えるのに」

その質問に対する答えは一つだったが、わたしには答えることが許されていない。そういうわけで、話題を逸らすことにした。

「そのとおりですね」口から出任せを言っているのがばれませんようにと願いながら、わたしは答えた。「でも、別の角度から考えてみてください。たとえば、あの遺言状を捜している人物がもう一人いますよね。昨日《きのう》の夜、あなたが玄関広間で見て、ご主人の幽霊だと思った人のことですけど。もしその人が、遺言状が見つかったのを知らないとしたら、きっとまた現れて——」

ケイト・ハットンの表情に、わたしは思わず言葉を切った。

「ミス・パイパー」彼女はゆっくりと口を開いた。これから言うことに一〇〇パーセントの確信をもっているのはまちがいなかった。「あたくしが見たのは主人だったの。この世のどんな出来事よりも疑いようのない事実よ」

「でも、あなたのご主人は――」わたしは言い返そうとした。が、そのとき、ある考えが頭に浮かんだ。きっとわたしは間抜け面で、口をあんぐり開けて彼女を凝視したにちがいない。その証拠に、彼女は妙な顔でわたしを見た。

「ミス・ハットン！」わたしは大声を出していた。「今、思いついたんですけど、グレゴリー・ノーランは役者ですよね。それで、ここのところ、かなり手の込んだ舞台化粧が必要な役を演じているんですよね。ひょっとして彼が――」

ここから先を聞く前に、ケイト・ハットンはわたしの言わんとしていることを察した。椅子の肘かけの上をトントンと神経質そうに叩いていた指が止まり、最初は訝《いぶか》しげだった表情が、ひょっとしてそうなのかしらと思うような表情へと少しずつ変わっていった。

「でも」わたしにというより、自分自身に語りかけているようだった。「そんなことあり、え、るかしら。もし、そうなら……。いえ、もしグレゴリー・ノーランもあの遺言状を見つけようとしていたなら、どうして昨夜の晩餐であたくしの正体をばらさなかったの？　あたくしが同じ目的でここにいることはわかっていたはずよ。もしかしたら……」

「もしかしたら？」彼女が中途半端に言葉を切ったので、わたしは我慢できずに訊いた。

「もしかしたら、あの男なりの秘密の魂胆があるのかもしれない」そう言うと、彼女はいきなり立ち上がった。「だとしたら、今夜のうちに会って、どういうことなのか確かめてくるわ」

彼女が部屋から出ていこうとしたので、わたしはその背中に向かって言った。

「ミス・ハットン、それって賢い方法だと思いますか？」わたしは問いかけた。「朝まで待って、弁護士さんに相談してから行動を起こしたほうがよくありませんか？」

「あたくしの弁護士はおバカさんなの」彼女はこちらに向き直ることなく、肩越しに言い放った。「以前からわかっていましたけどね。それに、あたくしはグレゴリー・ノーランという男をよく知ってるのよ。体面を気にして、ほかに誰かがいるところでは何もしゃべりゃしないわ。あの男から何か聞き出すには、あたくし一人で会いに行かないと」

階下で正面玄関の扉が閉まりケイト・ハットンが出ていってしまったあとも、わたしはしばらくのあいだ書斎に腰を下ろして、いったい何が起こっているのか考えを巡らせていたが、これといった結論にはたどりつかなかった。ケイト・ハットンがグレゴリー・ノーランに会いに行きたいなら、もちろん、行ってはいけない理由は一つもない。だが同時に、何らかの手段でやめさせるべきではなかったかという、なんとも落ち着かない気分にわたしは苛《さいな》まれた。ガランとした、だだっ広いだけの屋敷で、ビルは別として独りきりで座っていればいるほどますます、やはりやめさせるべきだったという思いが強くなった。それが理由だろう、さまざまな憶測が頭の中に次々と湧いてきた。

まず、たとえばわたしが思いついたように、ノーランがフラッグの幽霊を演じていたとしたら。ノーランはケイト・ハットンにそれを認めるだろうか。目的が古い遺言状を捜すことだとしたら認めるかもしれない。彼女自身がここに立ち入ったことをおおやけにしないかぎり彼のそうした行動を明かすこともできまいとノーランは考えるだろうから。だがたとえば、それが目的でないとしたら。あの一番新しい遺言状が偽物なのはほぼまちがいないので、たとえば、捜すつもりだと明言していたヘレンがすぐさま見つけるのを当て込んで、ノーランがあの場所に入れたのだとしたら。

でも、そうだとしたら、ノーランの目的はいったい何？　金が手に入る？　それは考えにくい。わたしの知るかぎり、どの遺言状でも彼は遺産の受取人にはなっていない。ひょっとして、キャロル・

ブランドンを自分のものにするため？

そのとき、二つの事実が頭の中に蘇《よみがえ》った。まず、ジョン・ブランドンの死体は発見されていないこと。次に、この日の午後、誰かがキャロル・ブランドンに電話をかけてきて、まさに夜に会う約束をしていたようであること！

わたしは居ても立ってもいられなくなった。たとえば、ブランドンがまだ生きているとしたら。たとえば、奥さんと共謀して奥さんにぞっこんのノーランを都合よく利用しているとしたら。いや、もしかしたら、ブランドンがノーランの弱みか何かを握っていて、進行中の悪だくみの片棒を彼に担がせているのかもしれない。だとしたら、ブランドンは成り行きを絶えず監視できるよう、さほど遠くない場所で身を隠しているにちがいない。ノーランの家ということだってある！　そして、そうだとしたら、ケイト・ハットンが彼の家に行って思いがけずブランドンと鉢合わせしたら、ブランドンは躊躇《ためら》いなく彼女を殺すのではないだろうか。一年前に彼女の夫を殺したように。

いくらなんでも考えすぎか。いずれにせよ、手遅れになる前にケイト・ハットンに警告したほうがいいだろう。わたしはぴょんと立ち上がると、自分の寝室まで走っていって上着をつかみ、階段へ向かった。だが行きつく前に、開いていたビルの寝室の扉の向こうから彼の声がして、わたしを呼び止めた。

「何を急いでるんだ、ピート」責めたてるようにビルは訊いてきた。「どこへ行くんだ」

わたしは足を止め、それから身を翻して、その扉に向かった。

「ビル、ちょっと出かけてくる。理由を説明してる暇はないんだけど、今すぐグレゴリー・ノーランの家に行かなきゃならないの。一時間経っても帰ってこなかったらエドワード・トリローニーに電話して。ヘレンが帰ってきたら、ヘレンに電話してもらえばいいから。そして彼にわたしの行き先を伝えて、すぐに彼もそこへ向かうように言って。できれば警察と一緒に」

ビルはびっくり箱から出てきたようにベッドの上でぴょこんと飛び起きた。

「何事だ」捻《ひね》った足首がズキンと痛んだにちがいない、彼は顔をしかめた。「いったい何が起こったんだ」

「早く行かなきゃ、また人が殺される」わたしは答え、再び階段へ向かった。「今言ったこと、忘れないでよ」

「戻ってくるんだ！」ビルは叫んだが、わたしは足を止めなかった。ビルが立ち上がって追いかけてこられないのをいいことに。

「殺される」という言葉を実際に口にしたとたん、わたしの想像力の中に住むあの小さな悪鬼どもが息を吹き返してピョンピョンと跳ね回り、正面玄関の扉を閉めるころにはケイト・ハットンはグレゴリー・ノーランの家の地下室にすでに埋められていた。

グレゴリー・ノーランの家は道路沿いを左に二ブロックほど進んだところにあると、たしかヘレンが言っていた。そちらのほうへ歩きだそうとして、ふと、道路の反対側の共同墓地に目を遣ると、またも霊廟の中に明かりが灯っているではないか。

わたしは計画を変更し、くるりと向きを変え、そちらを目指すことにした。もしノーランがそこにいるならケイト・ハットンもいるにちがいない。いや、彼女は明かりに気がつかず、ノーランの家に向かってしまっただろうか。だとすれば、そこで彼の居場所を教えてもらうのはまちがいない。となると、彼女はまだ霊廟に到着していないはずだから、その前に彼女を止められる。

そう思うと安心し、わたしは半ば上機嫌で、墓場を囲む低い塀をひょいと飛び越えた。だが、そんな上機嫌も長くは続かなかった。巨大なしだれ柳の黒々とした陰の下まで来ると、外界から隔絶してしまったような、味わったことのない感覚に襲われた。常日ごろ親しんでいる心地よい光や音はこの分厚い塀を境に消え失せ、囲まれた先は暗闇と静寂のみとなってしまったかのようだった。

何かの書物で、「滴り落ちる闇」という表現に出くわしたことがある。だが、この古い墓場を横切るまで、わたしはその表現の意味を完全には理解できていなかった。闇が滴り落ちてきた。目の中に、口の中に滴り落ちてきて、目を塞ぎ、息を詰まらせた。何もかも放り出して引き返せばよかったものを、なぜそうしなかったのだろう。わたしは取り立てて運動神経がいいわけでもなければ、度胸の類いがあるわけでもないのに。しかし、だからこそ、膝が萎えて方向転換できなかったにちがいない。一方の足を持ち上げ、もう一方の足の前に下ろすだけで精いっぱいで、そうするうちに霊廟の中で灯る明かりのほうへ進んでしまっていた。

一分ほど過ぎると、闇の雨は小降りになり始めたにちがいない。ぼんやり墓石の輪郭がわかるようになってきた。だが、だからといって何の助けにもならなかった。瞬く間にジョン・ブランドンの大群がすべての墓石の裏側で位置につき、今にも踊りかかってわたしを殺そうとしていた。ウィンストン・フラッグを殺したように、あるいはちょうど、もしかしたらケイト・ハットンを殺したように。

わたしが進む小道はわずかに湾曲していたようで、道路の反対側から見えていた明かりはあいだにそびえる木々で隠れてしまっていたのだが、ここでいきなり、目の前の二〇〇フィート（約六〇メートル）と離れていないところに現れた。

わたしは安堵のため息をついた。どんな明かりであれ、たとえ霊廟の中の明かりであれ、このときのわたしにはありがたかった。だが、喜ぶのは早すぎた。次の瞬間、張り詰めた静寂を、パンという鋭い銃声が引き裂いたのだ！

わたしはその場に立ちすくんだ。絶叫しなかった唯一の理由は、少々早まって安堵のため息をついたとき、肺の中の空気をすべて吐き出してしまっていたからだ。そういうわけで、わたしは砂の中に頭を突っ込んだダチョウのように両目をギュッとつぶって突っ立ったまま、すべてが過ぎ去るのを待つことしかできなかった。

それ以上は何も起こらなかったので、恐る恐る片方の目を開けた。明かりが、いや、できるなら霊廟も丸ごと完全に消えていてはくれないだろうかと半分期待しながら。だが、消えてはいなかった。それどころか、明るさはそれまでより増していた。開いていた霊廟の扉から、幅広い黄色の光の帯がわたしの足元まで流れてきていたのだ。わたしは夢遊病者のように、いや、自分が何をしているのかわかってはいたが足を止めることができず、その光の帯に沿って、周辺の闇とは裏腹に皓々《こうこう》としている霊廟の入り口へと向かっていた。

事実だけを淡々と述べるのでなく、わたしがこの物語の創作者だとしたら、その後の展開は次の二つから選んだだろう。銃声と思ったのは勘違いだったという拍子抜けの展開、あるいは、霊廟の床の真ん中にケイト・ハットンの血まみれの死体がごろりと転がっているのを主人公——この場合は、わたしということになろう——が発見するという展開。

だが、実際はこのどちらでもなかった。ひどい冗談のように設えられた霊廟の床を覆う高級ペルシア絨毯の真ん中に、まったく見覚えのない、明らかに息絶えた男性が一人横たわっていたのだ。

第一〇章　死体はいずこ

　そこからどうやって逃げ出したのか、詳しいことは憶えていない。ぼんやりと頭の中に残っているのは、暗闇を突っ切って死に物狂いで走り、いく度も墓標につまずき、墓場を囲む塀を這って乗り越え、ついに〈幽霊の館〉の玄関広間にたどりついたところで階段の上り口のそばの背もたれの高い椅子の上にへなへなとくずおれたことだけだ。そのあいだに戻ってきていたヘレンとアルシーアがわたしに覆いかぶさるようにして、わたしの口からとりとめなく溢れ出る訳のわからない言葉を理解しようとした。

　やっとのことで話し終えると、二人の目が飛び出さんばかりになったのを見てわたしは満足した。

「ピート、その男の人は本当に死んでたのね」逃げ出すのではないかとでも思っているように、アルシーアがわたしの腕をつかんで詰め寄った。「もしかしたら、ただの、えっと……ただの見まちがいかもよ」

「死んでたの。見まちがいじゃないよ」正気を取り戻しつつあったわたしは答えた。二階ではビルが、誰でもいいからここに来て何が起こったのか教えてくれ、さもなきゃ這ってでも下りていくからなとわめいていた。「誰だか知らないけどあの男の人は、わたしがそこに着く一分前に殺されたんだよ。警察に知らせなきゃ」

ヘレンが二階へ上がってビルを黙らせているあいだ、わたしは警察に電話してブーン巡査部長を呼んでもらった。巡査部長はわたしの話を聴いていたが、疑ってかかっているのは電話越しにさえわかった。

「住所はどことおっしゃいましたかな」巡査部長が訊いたので、わたしはもう一度住所を伝えた。

「おや、お嬢さん、そちらへは昨晩も、ありもしない死体を捜しに伺いましたがな。お嬢さんも何か悪いものでも食べたんじゃないですかな」

「それとこれとはまったく別の話ですから」わたしは最大限の威厳を保とうとした。「ですけど、もちろん、フィラデルフィア警察がもはや殺人には興味がないということでしたら、こちらは一向にかまいません。お忙しいところお邪魔しました」

「まあ、そうイライラせんで、ちょっと待ちなさい、お嬢さん」わたしが電話を切ろうとすると、巡査部長は呼び止めた。「そのノーランという輩《やから》の霊廟で見た男は、本当に死んでいたんですな。ノーランがへべれけになってひっくり返っていただけではないですかな」

「ミスター・ノーランではありませんでした」わたしは答えた。「それから、たしかに死んでいました。上着の前側に血が……血が、ついていました」

最後のひと言の声の調子に、巡査部長は心を動かされたようだった。その証拠に彼はこう言った。

「わかりました、お嬢さん。あの子らを何人か連れて伺いましょう。到着までじっとしていてくださいよ」

巡査部長と部下たちの到着を待つあいだ、わたしはビルのためにもう一度最初から話をした。

「で、わたしがこんな臆病者のおバカさんでなかったら」わたしは残念至極といった口調で話を結んだ。「人殺しが霊廟から立ち去るところを目撃できたかもしれない。なのに、ああ、わたしときたら目をギュッとつぶって突っ立ってただけで、そのあいだに犯人はわたしの前を歩いていっちゃったんだと思う」

ビルは、とんでもないといった表情でわたしを見た。

「でも、そうしていなかったら君も撃たれてたかもしれないんだよ。殺し屋ってのはたいてい観客お断りだろう」

まともな頭の持ち主なら、そう言われて安心するものなのだろう。

ほどなく、あのブーン巡査部長が到着した。前夜と同じ部下を二人と、前夜にはいなかった部下を二人連れてきた。

「さあ、お嬢さん」巡査部長は事務的な口調で言った。「男性の死体を発見した場所に案内だけしていただけますかな。あとはわれわれにお任せを」

警察が付き添ってくれるとはいえ、あの場所に戻るのはどうにも気が進まなかった。けれども、わたしに向けられた巡査部長の目つきを見れば、いやなら電話してくるなと思っているのは明らかだった。というわけで、わたしは渋々出発した。銃声嫌いの鳥猟犬は狩猟の旅に駆り出されるとき、きっとこんな気分なのだろう。

私服警官のうちの三人が強力な懐中電灯を持っていたので、進むのはずいぶんと楽だった。同じ距離だというのに、先ほどわたし一人のときにかかった時間の半分ほどで霊廟が視界に入ってきた。内側には明かりがまだ灯っており、開いた扉から黄色い光の帯を投げかけ、小道を照らしてわたしたちを迎えた。

「そこです」わたしは立ち止まった。「床の上です。わたしはここで待っていてもいいですか」

巡査部長は理解を示すように頷《うなず》いた。

「いいですよ、お嬢さん。ジャクソン君もここに置いていきましょう。この子らとあたしで、ちょっと中を見てきますよ」

四人のうちで一番背の高かった警官を残し、巡査部長はあとの三人とともに不気味に照らされた入り口へ向かってのっしのっしと歩いていった。わたしは扉の内側で彼らが寄り集まるのを見守りながら、恐怖の、あるいは驚きの叫び声があがるのを待っていた。驚きの声は聞こえたものの、恐怖の声はなかった。

「いったいここは、どんな博打宿《ばくち》なんだ……！」一人が叫んだ。すると、別の一人が言った。「で、死体はどこだって？」

このひと言に、わたしは言いようもなく動揺した。

「そこの床の上です」わたしは叫びながら、ブーン巡査部長のでっぷりした体で半分以上が塞《ふさ》がれていた扉のほうへ再び歩を進めた。「あるでしょ！」

霊廟の奥まで入っていった警官の一人がこちらに向き直り、巡査部長の肩越しにわたしを見た。その表情から察するに、この娘は頭がどうかしてると思っているのは明白だった。

「それでは、お嬢さん」皮肉たっぷりの口調で、その警官は言った。「ここへ来て、われわれに代わって死体を見つけてくれませんか。どうやらわれわれは、ちょっとばかり目が悪いようだ」

「まさか……」どうにも信じられず、わたしはブーン巡査部長の向こうにある明るく照らされた空間を自分の目で確かめた。

三人の刑事がいる以外、中は空っぽだった。二〇分ほどしか経っていないというのに、まちがいなくここにあった見知らぬ男の死体は消えているではないか！

巡査部長は咎《とが》めるような視線をわたしに放った。

「お嬢さん」彼は言った。「常習犯になりかねませんな。昨晩は死体が起き上がって歩いて逃げていったと言ってわれわれに捜させ、今夜もまた、この始末だ。おたくと仲良しの死人さんたちはいったいどうしたんでしょう。待ちきれなかったんですかな」

「仲良しなんかじゃありません」わたしはぴしゃりと言ったものの、恥ずかしさと憤りが一緒に込み上げてきた。「それと、昨夜あなたがたを呼んだのは、わたしじゃなくてミセス・レイバーンですから。巡査部長、もう一度言います。扉の向こうを覗《のぞ》いたら、そこの床の上に死体があったんです。三〇分も経ってません。背の高い五〇歳くらいの男の人で、白髪混じりの頭に黒い小さな口ひげが生えていました。本当です！」

「でも、今はありませんぞ」巡査部長は容赦なかった。「昨晩と同様にね」そのあと、意地の悪い口調で窘《たしな》めるように言った。「お嬢さんがたみんなして、ハロウィーン・パーティーで質《たち》の悪いリンゴ酒でも飲んだんじゃないですかな」

このひと言で、わたしの怒りは沸点に達した。

「聴いてください」わたしは言った。「まちがいありません。たしかに男の人が死んでたんです。あなたに電話してるあいだに誰かが来て運んでいったんでしょうから、わたしのせいじゃないわ。あなたがたが到着するまで死体の上に座って、持っていかれないようにしていればよかったとおっしゃるんですか」

巡査部長は答えなかった。

そのあいだにのっぽのジャクソン刑事がわたしたちのもとにやってきて、霊廟の中を覗き込んだ。

「なんと」彼は思わず声をあげた。「ここはいったい、どういう博打宿なんです？　墓の中を楽しい我が家よろしく設えるなんて話、聞いたことありませんね」

わたしは一風変わったグレゴリー・ノーランについて手短に説明した。

「ほかにも変わり者がいるとは」わたしが話し終えると、巡査部長がぶつぶつ言った。そして部下たちとこそこそ短い言葉を交わし、そのあと、わたしのほうに向き直った。

「お嬢さん、この子らの一人に家まで送らせましょう」巡査部長は言った。「われわれはこの中をもう少し調べてみますよ。何か見つけたら、お土産に持っていきましょう」

運命の女神は実に汚いまねをするものだと思いながら、わたしはジャクソン刑事に付き添われて屋敷に戻り、今後、死体を掻き分けて進むことがあっても二度とブーン巡査部長を呼ぶものかと心に誓った。

だが、この夜に味わった屈辱はこれだけではなかった。まず、わたしにとって諸悪の根源のケイト・ハットンが何事もなく戻ってきていて、アルシーアとヘレンとともにわたしを待っていた。次に、三人の求めに応じてわたしがこの夜の恐怖体験の最終章を話して聞かせると、三人とも巡査部長とその部下たちと同様、すべてわたしの想像の産物だと決めつけたような顔をした。

あまりにひどい。わたしは自尊心のボロ布で身を包み、威風堂々たる足取りで二階の寝室へ行き、扉を閉めた。

寝室用タンスの上の端っこに、わたしの文房具箱が置いてあった。何かに突き動かされるように、わたしはそれを取り上げると、二つの窓のあいだにある長椅子まで持ってゆき、両膝を机代わりに、まだ記憶の新しいうちにこの夜の出来事について書き留めておくことにした。どういう目的を想定して書き留めるのか確たる考えがあったわけではなかったが、何かが起こったときのために用意だけはしておこうと。
ミステリ小説執筆の心得のあるわたしは、時間の流れを追う要領で書いてみた。思い出せるかぎりではこんなふうだ。
八時一五分前後：ウィンストン・フラッグの幽霊はグレゴリー・ノーランの仮装だったのではないかとケイト・ハットンと話す。
八時三〇分：ケイトがノーランに会ってくると言って出ていく。
九時〇〇分：居ても立ってもいられなくなり彼女のあとを追う。霊廟の中に明かりが見えたので、そちらへ向かうことにする。
九時〇五分から一五分：銃声を聞き、霊廟の中で男性の死体を発見。死体の特徴：五〇がらみの男性。白髪混じりの黒髪に、小さな黒い口髭をたくわえている以外はきれいに顔を剃っていた。紺青色のスーツに白いシャツ、黒い靴。仰向けで右に傾いて倒れていて、右膝を折りたたんでいた。シャツと上着の前側に血がついていた。
九時二五分：ブーン巡査部長に電話。
九時三五分：ブーン巡査部長と刑事たちと一緒に再び霊廟へ。死体は消えていた。
九時五〇分：ひんしゅくを買って〈幽霊の館〉へ戻される。ケイト・ハットンは帰っていた。
ここまで書き上げたところで新たに思いついたことがあり、わたしは手を止めた。ノーランの霊廟ではあんなふうに死体が現れたり消えたりするものなのなら、そのあいだ彼自身は何をしていたのか知っておくのは悪くないかもしれない。それを教えてくれるのは、まさにケイト・ハットンのはずだ。

数分前に彼女が階段を上ってくるのが聞こえた。そこで、わたしは彼女の寝室へ行き、扉を叩いた。わずかな間があり、そのあと彼女は「どうぞ」と言った。

扉を開けると、彼女は化粧台の前に腰を下ろしていた。だが、化粧を落としているとか髪の毛を梳《と》かしているとか、就寝前に女性が寝室で日課としていることをやっていたわけではなかった。椅子の上でしばらく鏡を見つめていたのではないかと思わせた。自分の姿を見ていたのではなく、目を凝らして水晶玉でも覗き込むように。

「ミス・ハットン」わたしは出し抜けに言った。「首を突っ込むなと思わないでほしいんですけど、でも、これを訊かないことには眠れなくて。グレゴリー・ノーランには会えたんですか」

「いいえ」まるでこの質問を予期していたかのように彼女は答えた。「家にいなかったの」

「使用人さんは行く先を教えてくれなかったんですか」わたしはしつこく訊ねた。

「くれたわ」彼女は言った。「霊廟に行ったって」

するとと突然、今度は彼女が質問してきた。

「ミス・パイパー、さっきあなたが見た男性だけど、その人……その人、本当に……」

「ええ、グレゴリー・ノーランじゃありませんでした」彼女が言い淀んだので、わたしは代わりに言ってあげた。「それはたしかです」

「そうではなくて」と、彼女は言った。「その人は本当に死んでいたのか訊こうとしたのよ。もしかしたらケガをしていただけで、あなたがいなくなったあと自分で立ち上がって歩いていってしまったのかもしれないわ」

その可能性は考えてもみなかった。

「ありえますね」わたしはなるほどと思いながら言った。「それならいいんですけど。全部わたしの夢だったと思わないでくれてありがとうございます。ほかのみんなは夢だと思ってるみたいだけど」

わたしは自分の寝室に戻ると、先ほどのメモに二つの事柄を書き足した。

「発砲があったときグレゴリー・ノーランは家にいなかった。霊廟に行っていると使用人が言った」

「撃たれた男性はケガをしていただけで、自分で歩いてどこかへ行ってしまったのかもしれないとケイト・ハットンが言った」

文房具箱を片づけながら、ふと窓の外に目を遣ると、その先の共同墓地の中で光の点が一つ動いていた。誰かが懐中電灯で自分の足元の地面を照らしながら歩いているようだった。

まだ巡査部長と部下たちが消えた死体を捜しているにちがいないと、わたしは即座に決め込んだ。わたしの頭がまともだったことはわかったが、警察としてはもっと満足できる証拠を見つけなければならないという状況ならばいいのにと意地の悪いことを考えた。

動く光の正体がそのときわかっていたら、わたしはその夜、眠れなかったにちがいない。

第一一章　もう一つの可能性

次の日の朝、テッド・トリローニーが電話をかけてきた。

「レイバーンさんが昨日《きのう》見つけた遺言状の最新情報を知りたいんじゃないかと思ってね」彼は開口一番言った。「警察の筆跡鑑定の専門家に頼んで、遺言検認裁判所に保管中のフラッグのもう一通の遺言状と照合してもらった。その結果、あの遺言状は本人が書いたものでまちがいないそうだ」

「で、でも、そんなのありえない！」わたしはキャロル・ブランドンが結婚した日をめぐって前日に気づいたことを思い返しながら言った。「絶対にありえない！」

「残念ながら事実だ」彼は答えた。「弁護士がお決まりの方法で作成して遺言者が署名だけするのと違って、両方の遺言状とも直筆だったからね、比較材料が数多くあった」

「まあ！」どこで道をまちがえたのかと思いながら、わたしは驚きの、しかし力ない声を出した。そして、ケイト・ハットンはどうなるのだろうと考えた。「ということは、ミセス・ブランドンが相続するのね」

「そうかもしれない」彼の口ぶりは慎重だった。「だが、まだ別の可能性も残されている。だから、その可能性の裏が取れるまでは新しい遺言状のことは依頼主に黙っているようテンプルトン君には釘を刺しておいた」

「どういう可能性なのか、どうせ訊いても無駄なんでしょ」と、わたしは言ってみた。

彼はくすくす笑った。

「さあね、無駄でないかもしれないよ。だが、電話じゃだめだ。僕と一緒に昼食に行くのはどうかな。そうしたら、そのあとに教えてあげてもいい。一時間くらいしたら車で迎えに行くよ」

昼食の約束をしたとヘレンとアルシーアに伝えると、わかってはいたが、質問の集中砲撃を浴びた。ほとんどはうまくすり抜けたが、一点だけ、例の遺言状は本人が書いたものと確認され、数日以内に然るべき作業――当然ながら、わたしは不案内だ――が完了したら検認を受けるだろうということは教えてあげた。

ケイト・ハットンはその場にいなかったので、それだけは助かった。フラッグの遺産問題については、なにがなんでもケイト・ハットンに味方したいかどうかは自分でもまだよくわからなかったが、それでも、虚しい夢に終わるのはほぼ確実だと彼女に思わせてしまうのはあまりいい気持ちはしなかった。

トリローニーとの昼食のあいだじゅう、わたしは彼が電話越しにほのめかしていた遺言状の別の可能性について話題にさせようと頑張っていたが、巧みにかわされるばかりだった。そして、タバコとコーヒーの段階に入ると、突如、彼は自分から言いだした。

「例の遺言状だが、本人が書いたものとわかったのに、なぜただちに検認を受けないのかと思ってるだろ」彼は言った。「答えは今、教えてあげるよ。だがその前に、君が昨晩グレゴリー・ノーランの霊廟で見つけた男性の死体について、もう少し詳しく話してくれないか」

わたしは腰を抜かさんばかりにして彼を見つめた。この男は他人《ひと》の心の中が読めるのだろうか。

「ど、どうしてそれを知ってるの?」わたしは息を荒くした。

トリローニーはいつもの腹立たしい笑みを見せた。

「君、僕の肩書きが捜査官なのを忘れてもらっちゃ困るね」彼は念押しするような言い方をした。

「捜査官というのは、捜査の訓練を受けてきてるんだからね」

「はい、はい、わかりました」わたしは反抗的に返事した。「だったら、残りの件もみんな捜査してよ。それができるんだったら簡単なはずでしょ」

トリローニーは、おっしゃるとおりという顔をした。

「君の勝ちだ」と、彼は負けを認めた。「今朝、遺言状の筆跡についての報告をもらいに警察署に寄ったとき、ブーン巡査部長が教えてくれたんだよ。残念ながら、まだ巡査部長は君がちょっとばかりリンゴ酒を飲み過ぎたと思っているがね。だが、その件を僕なりに考えてみたいから君の話も聴かせてくれないか」

「被告人にもチャンスを与えてくれて、ありがたいことだけはたしかね」わたしはつっけんどんに返した。「それじゃあ、わたしの言い分を聴いてもらいます。あなたが信じようが信じまいがこっちは気にしませんから」

前夜の一連の出来事を書き留めたメモをハンドバッグから取り出し、わたしはそれを見ながら話を進めた。話し終えると、彼はそのメモを見せてくれないかと言った。

手渡されたメモを数秒ほど無言で見つめた彼は、こんなことを訊いてきた。

「ピーター・パイパー、君はケイト・ハットンの考えをどう思ってる? 君の見た男性がケガをしていただけの可能性はあるかい?」

「あるかもしれない」わたしは本心を言った。「触って確かめたわけじゃないから。ただ、わたしにはまちがいなく死んでいるように見えた」

彼は再びメモに目を落とした。

「これ、借りていいかな?」と言うのでわたしが頷《うなず》くと、彼はメモ紙をまた折りたたんで財布にしまった。「それから、僕の言った遺言状についてのもう一つの可能性だけど、君はウィンストン・フラッグが生きていると思ったことはないかい?」

「ウィンストン・フラッグが?」わたしは戸惑いながら聞き返した。「ジョン・ブランドンじゃなくて?」

彼は首を横に振った。

「いや、正直なところ最初はそう思っていたんだけどね。ちょっと、あの話を思い出してくれ。一昨日《おととい》の夜、ケイト・ハットンが本棚の前に立つ人影を見た。彼女はそれを自分の前の夫だと思った。グレゴリー・ノーランがフラッグの幽霊《スピリット》に変装したという君の推理も悪くない。遺言状をそこに入れるのを目撃された場合に備えてね。ただし、それが成り立つのは遺言状が偽造の場合のみだ。だが遺言状は偽造ではない。だから、ノーランがそれをどこかからこっそり持ち去って——駄洒落《スピリット》じゃないよ——ミセス・ブレークに見つけてもらうために屋敷に入れにくるなんてのは意味がないだろう。なんたってあの遺言状では、彼が唯一の遺言執行者に指定されてるんだ。遺言状を提出して検認を受ければいいだけの話じゃないか。事実、あれがあの日付どおりの日に書かれて彼が保管していたなら、とっくにそうしていたはずだろう」

「ということは、あの日付の日に書かれたんじゃないのね」トリローニーが黙ったので、わたしは訊ねた。

「そうだ」彼は断言した。「つまり、もしあれが去年の一〇月三一日よりあとに書かれ、それにもかかわらず明らかにウィンストン・フラッグ自身の手によるものだとしたら、当然フラッグはまだ生きているにちがいない」

「ええ、たしかにそうだけど」わたしは納得のいかない口調で返事した。話の展開が少しばかり速すぎて、ついていけない気がしていた。「でも、まず、どうして縁もゆかりもない女性に財産が渡るような遺言状を書いたのかな。次に、死んでいないならどうして死んだふりをしてるのかな。最後に、もし生きてるなら、一年前に死んでウィンストン・フラッグとして埋葬されたのは誰なのかな」

「キャロル・ブランドンと縁もゆかりもないと決めつけるのはどうだろうね」彼はしかつめ顔で答えた。「それから、死んだふりをしているとしたら、理由は山のように考えられる。だが、それを考えるのは君の三つ目の疑問を解決してからだ。少なくとも、一年前に拳銃によって死んだ男がウィンストン・フラッグでなかったのを確実に証明してからだね」

「どうやって?」わたしは訊ねた。

「昨日の午後、あの最後の遺言状が本人の書いたものだとわかる前なんだが、フラッグが生きている可能性を考えてみた。そこで、郡の検事のところへ行って、うまいこと言いくるめて、ウィンストン・フラッグの名で埋葬されている遺体を掘り起こす許可を公衆衛生局に申請してもらったんだ。もしそれがフラッグ本人なら、この地区に住んでいたときに作った義歯床を使って確認できるだろう。それと、右脚の脛骨に骨折の跡もあるはずだ」

　遺体を掘り起こす！　聞いただけで、チリチリする冷たいものが背骨に沿って上下に走った。

「い、いつやるの?」情景が頭に浮かび、得も言われぬ戦慄を覚えた。

「今夜だ」彼は言った。「今朝、君に電話した直後に許可が下りた。それでピーター、お願いがあるんだ。ケイト・ハットンにそのことを伝えてくれないか」

「いいわよ、彼女も知るべきでしょうね」わたしは納得した。こんな知らせの伝達人かと思うと喜んで引き受ける気にはなれなかったが。「なんと言っても、かつては奥さんだったんだもの」

「いや、本当のところ、彼女の立場を尊重することが第一の目的じゃないんだ」彼は明かした。「知りたいのは、それを聞いたときの彼女の反応だ。面と向かって伝えに来た相手が僕やらブーン巡査部長やら本能的に警戒心を抱いてしまう人間でないほうが、反応があからさまになるんじゃないかと思ってね」

「でも、どうして? どうして彼女の反応がそこまで重要なの?」

トリローニーは半分困ったような視線をわたしに向けた。

「ピーター・パイパー、君にはがっかりだな!」彼は声を張りあげた。「すぐに気づいてくれると思ってたのに。前の旦那さんが生きているとしたら彼女はそれを知っているのか、もしくは、生きているのではないかと疑っていないか、わかればありがたい」

わたしは何か感想を言おうとしたが、突如、あることを思いついた。

「待って!」わたしは叫んだ。「ウィンストン・フラッグがキャロル・ブランドンを相続人とした最後の遺言状を書いたのは、ひょっとして……いえ、まさかね」わたしは言おうとしたことがまちがっていると気づき、ここで言葉を切った。「やっぱり、そんなはずないな」

「何を言おうとしたのかい?」トリローニーは言った。「ひょっとして……何?」

「いえ、もしかしたらね」わたしは渋々答えた。「ブランドンがフラッグを殺したんじゃなくてフラッグがブランドンを殺していたとしたら、その償いのような意味で、キャロル・ブランドンに自分の財産が渡るようあの遺言状を書いたのかもしれないと思って。でも、それは絶対にありえない。だって、彼女とブランドンは、死亡事件のあったあとに結婚したんだもの。だから誰が殺されたにせよ、ブランドンでないことは一〇〇パーセント確実ね！」

驚いたことに、この単純な筋立ては、とてつもなく大きな反応をもって受け止められた。

「なんだって？」と、トリローニーは迫ってきた。興奮のあまり、あわやコーヒーをひっくり返すところだった。「彼女とブランドンが死亡事件のあとに結婚したと、なぜ知ってるんだ」

わたしは前日にアルシーアとともにキャロル・ブランドンを訪ねたことを白状し、彼女から聞き出した内容をすべて話した。

「とんでもない悪党二人組だな！」話を聴き終えると、彼は大笑いした。「だが、真面目な話、君たち二人、知らず知らずのうちにすべての謎を解くカギを見つけたかもしれないよ」そう言ったあと彼は、「それ以上の説明は、今は勘弁してもらおう」とすかさずつけ加えた。わたしの目から質問が溢れんばかりなのを見てとったにちがいない。「今晩、遺体の掘り起こしの結果が出たら、僕の考えが完全にまちがっていたことが証明されるかもしれない。だから、それが明確になるまでは可能性をあれこれ探っても無駄だろう」

数分ほどして、わたしたちがレストランを出ようと立ち上がると彼が言った。

「あっちの隅のテーブルを見てごらん。話題のミセス・ブランドンが紳士のお友だちと一緒だよ」

わたしは彼が示した方向を盗み見た。

「まあ、なんてこと！」その瞬間、わたしは思わず声をあげた。「あの二人が知り合いだったなんて」

「あの二人？」彼は聞き返した。「一緒にいる青年を知ってるのかい？」

「ええ、スタンリー・モートン先生。ウィンストン・フラッグがフィラデルフィアに戻ってきてから拳銃で死ぬまで、彼を診ていたお医者さん」

〈幽霊の館〉まで送ってもらう車の中でようやく、わたしの霊廟での恐怖体験についてどう思っているのかトリローニーが言ってくれていないことに気づいた。

「ところで」わたしはできるかぎり何気ないふうを装って切り出した。「わたしの酒癖について、まだあなたの見解を聴いていないけど」

彼はしばらくのあいだぽかんとしていたが、そのあとニヤッと笑った。

「裁判所は君に有利な判決を下すさ」彼は言った。「昨晩、町なかや周辺のどこかで銃による死者やケガ人がいなかったかどうかブーン巡査部長に頼んで調べてもらうよ。撃たれたあと車で運ばれてフラッグ事件ともノーランの霊廟とも関係のない場所に捨てられた可能性も充分にあるからね」

「じゃあ、何かしら関係があると思ってるのね」わたしは逸《はや》る気持ちで訊いた。

「まちがいない。どう関係しているかがわかればありがたいんだがね。君の知ってる男だったら、もっと話は早いだろうが。現状では、その男性を見つけて身元確認するのを待ってからでないと全体図にどう当てはまるのか判断できない」

屋敷に戻るとケイト・ハットンはいなかったので、ウィンストン・フラッグの遺体が掘り起こされることになったと伝えたのは夕食の時間近くになってからだった。だが、ついに伝えたときの彼女の反応に、わたしは面食らった。

このときばかりはいつもの自制心は完全に消え失せ、恐怖で見開いた目でわたしを凝視した。骨ばった大きな顔の筋肉が数秒ほどだらりと緩み、そのあとようやく声が出てきた。

「だめよ！」絞り出した声はかすれ、あたかも言葉が喉に詰まったようだった。「絶対にだめ！ あたくしはあの人の妻なのよ。あたくしが許しません！」

「残念だけど、もう手遅れだと思いますよ、ミス・ハットン」わたしは言った。「郡の検察局の指示だから」

「でも、どうして」いきなり攻撃的な目つきになり、彼女は詰め寄ってきた。「どうして死んだ人を静かに眠らせておいてあげないの？」

トリローニーはきっと彼女にも理由を知ってほしいにちがいないと考え、わたしは教えることにした。

「どうしてかと言うと、あなたのご主人は実は死んでいなくて、まだ生きているんじゃないかと検察は思っていて、それを確かめたいんです」

そう聴くと、彼女は目を閉じた。顔面が死人のように蒼白になってゆき、全身がぐらりと揺れたように見えた。気絶してしまうかもしれないと、わたしが支えようとして駆け寄ると彼女は再び口を開いた。

「神に祈るわ」こわばった唇から言葉が漏れた。「その人たちが正しいことを！」

そのあと彼女はくるりと体の向きを変え、ゆっくりと階段を上って寝室へ行ってしまった。

第一二章　墓場にて

　その夜、八時半になると、遺体調査作業チーム——きっと、そんな呼び名だろう——が到着した。屋敷の応接間の窓からその人たちが見えたのだ。彼らは二台の車でやってきた。共同墓地を囲む高さ三フィート（約九〇センチメートル）の塀に組み込まれた、馬鹿馬鹿しいほど高くそそり立つ鉄の正面門の前に乗りつけると、一人ひとりの姿がはっきり見えた。

　一台目の車から降りてきた五人の私服警官の中にブーン巡査部長とのっぽのジャクソン刑事がいた。二台目には、運転手を除いて三人が乗っていた。一人はトリローニー、二人目の彼より背が低く年齢が上の男性は写真で見たことのある郡のトマス・グリーアソン検事だ。三人目は、のちにわかったのだが、市の衛生局の担当者だった。

　私服警官たちが二台の車の荷室から少しばかり嵩《かさ》のある不気味さ漂う道具一式をせっせと下ろしているあいだ、トリローニーは道路の向かい側に目を遣り、わたしたちの姿を認めるとこちらに向かって歩いてきた。わたしが玄関扉を開けに行くと、彼は屋敷の中へは入らずわたしに外へ出てくるよう身ぶりで示した。

「知らせを聞いて、彼女はどうだった？」彼は声を潜めて訊ねた。ケイト・ハットンのことだ。

　わたしは、そのときの彼女の様子を伝えた。

「なんだか妙な反応だな」と、彼は感想を言った。「特に根拠はないが、かわいそうという理由で掘り起こしをいやがるとは思ってもみなかった」

「かわいそうという表現がぴったりかどうかはわからないけど」この夜の計画を聞かされたときのケイト・ハットンの表情とふるまいを思い返しながら、わたしは言った。「でも、なんにせよ、フラッグの墓が暴かれるところを想像して心から怯えてるように見えたわね。とりわけケイト・ハットンみたいな女性に対して使うのは的外れな言い方だけど、なんだか……なんだか祟《たた》りのようなものを信じている感じがした」

笑われるだろうと半分恐る恐る言ったのだが、彼は笑わなかった。そして、重々しい口調でこう返した。

「そうかもしれないね。幽霊はどんなふうに出てくるかわかったもんじゃないからね。ピーター・パイパー、もう君は家に入ったほうがよさそうだ。こんなに長い時間いったい何を話しているのかとブレークさんとレイバーンさんに怪しまれる前にね。作業が終わりしだい結果を知らせに来るよ」

ヘレンとアルシーアとケイト・ハットンの待つ応接間に戻ったわたしは、遺体を掘り起こしたら結果を教えるとトリローニーが約束してくれたことを伝えた。ヘレンとアルシーアからの雪崩のような質問に埋もれてしまうにちがいないと恐れていたが、そうならずにほっとした。二人とも道路の向こうの動きを見つめるのに必死で、トリローニーとわたしの会話になどかまっていられなかったのだろう。

意外にもケイト・ハットンだけは、道路の向こうに興味を示していないように見えた。ほかの二人から少し離れたところに腰を下ろし、大きく骨ばった手を膝の上で軽く組み、目は虚ろだった。いったいどんな思いでいるのだろう。かつて愛した旦那さんとの思い出に浸っているのだろうか。死者を眠りから覚ますことの祟りに怯えているのだろうか。そのとき、鈍い金属音がして、共同墓地の門が開いた。わたしは少しのあいだ彼女のことは忘れ、窓のほうへ引き寄せられるようにしてヘレンとアルシーアの隣に並んで座った。

その後の一五分から二〇分ほど、わたしたちは無言で肩を寄せ合っていた。墓地の中を明かりが上下に揺れながら横切っていくのを見守っていると、男たちの様子が手に取るように頭の中に浮かんできた——少なくとも、わたしの頭の中には。いくつもの手提げランプがグレゴリー・ノーランの霊廟からさほど離れていない場所へ向かい、地面の上に大ざっぱな半円を描いて置かれた。すると、それらの明かりがぼんやりと黄色い靄《もや》がかかったように霞《かす》んだ。たまたま道を通りかかった人に何がおこなわれているのかわからないよう、キャンバス地の衝立が設置されたにちがいない。

一、二度、衝立を人影が横切った。衝立とランプのあいだを誰かが通ったのだろう。とはいえ、こうした影は常に朧《おぼろ》げで歪んでいたので、彼らが何をしているのかはわからなかった。それでも想像だけはできた。ある意味で想像は、実際に目で見るより質《たち》が悪かった。

ヘレンが意を決したように立ち上がった。

「このままみんなでここに座ってたら」明るく元気な声でヘレンは言った。「頭がおかしくなっちゃう。熱いコーヒーでも淹れましょう。一緒に来て、手伝ってくださらない？　ミス・ハットン」

コーヒーが用意され、わたしたちはそれを食堂でいただいた。それぞれ立ったり座ったりしていたのだが、意識的に応接間とのあいだの扉には背を向けていた。だが、このときアルシーアが、自分の座っていたテーブルの向かいにある古めかしい食器棚の裏面に貼られた丈の高い鏡をぼうっと見つめているのに、わたしは気づいた。わたしは心の中で、まあ、いつまでも自分の姿に惚れ惚れしちゃってと思っていたのだが、そのうちに、この鏡が開けっ放しの応接間の扉、そしてその先の屋敷の正面の窓と向かい合っていて、道路の向こうの共同墓地での作業の様子をまるまる映しているのだとわかった。さすがアルシーア、抜け目がない！

わたしたちが二杯目のコーヒーを飲んでいると、ヘレンの止まらないおしゃべりをアルシーアが断ち切った。

「あそこから誰かが出てきて、こっちのほうへ向かってるみたい」アルシーアは声高に報告した。

「きっと、ここに来るんだわ」

あたかもその声が陸上競技大会のスタート合図のピストルのように、全員が我先にと応接間へ戻った。なるほど、手提げランプが一つ上下に揺れ、墓石に見え隠れしながら共同墓地の門に向かっていた。だが、まだ遠すぎて、ランプを持つのが誰なのかはわからなかった。やがて門を抜けて男性が姿を現し、道路を渡り始めると、そのずんぐりむっくりの体つきからブーン巡査部長だとわかった。

「あの刑事さんだわ」わかりきっているのにヘレンは言い、「ちょっと玄関を開けてくる」と、応接間から飛び出していった。

一分ほど、ヘレンと巡査部長とのやりとりが聞こえていた。そのあとヘレンはこちらのほうに戻ってきて、応接間の扉から顔だけ突き出した。

「ブーン巡査部長がお話ししたいそうですよ、ミス・ハットン」と、ヘレンは告げた。まるで歯医者が「次のかた」と呼ぶときのように、あえて感情を抑えた口調がなんとも不気味だった。

ケイト・ハットンは立ち上がると、ヘレンのあとについて玄関広間へ出ていった。その動作はまるで機械のようで、頭は体の動きをほとんど把握していないかに見えた。

さらに一分ほどして玄関扉の閉まる音が聞こえ、ヘレンが一人で戻ってきた。

「あの人に確認してほしいんですって、その……その死体を」ヘレンは言った。声は震えているわけではなかったが、少なくとも揺らいでいた。

アルシーアは頭の中に鳥肌が立ったような顔をした。

「あの人に頼むなんて、ちょっと……ちょっと酷じゃない？　そんな状態なのを」アルシーアは言った。「だって死んでから一年も経ってるんでしょ。きっと――」

「巡査部長によれば、それほどでもないんですって」アルシーアが露骨な描写をし始める前に、ヘレンがすかさずぴしゃりと言った。

しばらくだらだらと時間をやり過ごしていると、また一つランプがこちらに向かってきた。今度はトリローニーだった。試練に耐えたケイト・ハットンを送り届けに来たのだった。

トリローニーとケイト・ハットンが正面の扉を開けるや、玄関広間で待ちかまえていたヘレンが「ああ、かわいそうに！」と絶叫し、「何か香りのよいものを持ってきますね」と続けた。もちろんケイト・ハットンに向かって。だが、ヘレンの気遣いは彼女の耳に届いていないようだった。彼女は出ていったときと同じ、機械のような淀みない動きで応接間に戻ってきた。その表情は恐怖を味わったというより、完全に頭が混乱しているようにわたしの目には映った。

ヘレンとアルシーアがいつものように女性らしさを発揮しながら大騒ぎで彼女の世話を焼いている一方で、わたしはトリローニーに目を向けた。顔面が真っ白だった。彼は死体を見るのが極度に苦手なのを知っていたわたしは、その顔色の理由を察した。

「さあ、食堂に行くわよ」わたしは命令口調で言った。「酒瓶棚にビルのウィスキーが一本あったと思うから。もう、一杯やったような顔をしてるけどね」

彼は、成長しすぎてひょろ長くなった「メリーさんの羊」よろしくわたしについてきた。

わたしはウィスキーを見つけると、その強い酒をグラスに注いであげた。彼は心底ありがたそうな目をして、ごくりとやった。

「さて、ようやく終わったよ」空になったグラスを置くと、彼は言った。「ここまでは神《ヒムセルフ》に感謝だ」

彼がアイルランドの言い回しを使ったので、わたしは即座に、おやっと思った。先祖代々伝わる表現法がうっかり口から出てくるときは、二つの場合だけだからだ。激しい精神的緊張状態にある場合、もしくは、質問を受けたが頑として答えるつもりのない場合だ。そしてこれまでのところ、わたしは何も質問していない。だが、いつまでもそういうわけにはいかなかった。

「どうだったのよ」わたしは迫った。「ウィンストン・フラッグだったの?」

彼は首を縦に振った。顔には先ほどよりも血色が戻ってきていたが、目に表れている陰鬱な恐怖心は、ここへ来たときと変わっていなかった。

「ああ、まちがいなくフラッグだった」彼は答えた。「ミス・ハットンも、疑いの余地がないと言った。違うと言ってくれればよかったんだが!」

「あら、どうして?」わたしは畳みかけて質問した。「フラッグだったほうが、話がずっと簡単になるんじゃないの?」

彼は屋敷の中に入ってきて初めて、わたしの顔をまともに見た。壁から突き出た、笠をかぶった電灯の光を受け、彼の青い瞳がほぼ黒く見えた。

「記録によれば」彼はゆっくりと口を開いた。「ウィンストン・フラッグが死んだのはちょうど一年前だ。いいかい、一年前だよ。ピストルの弾で心臓が撃ち抜かれた。今晩、掘り起こされた遺体はウィンストン・フラッグのものだった。そして、ピストルの弾で心臓が撃ち抜かれていた。ブーン巡査部長も衛生局の担当者もそれを確認した。だが、遺体は棺桶の中でなく棺桶の上に寝ていた。まだ生々しくて、埋められてから二四時間も経っていないように見えた」

第一三章　死体は誰だ

ケイト・ハットンもわたしがトリローニーから聴いたのとほぼ同じ内容をヘレンとアルシーアに話していたが、幸いにも、恐怖でゾクゾクするような思いを二人にさせてはいなかった。わたしもどうにか冷静さを保ち、二人をゾクゾクさせるような話をわざわざすることはなかったものの、その夜は、何年も土の中に埋まっていたあとも朽ちることなく、ある時期になると墓から這い出てきて、餌食である生きた人間を求めて人知れず徘徊すると伝えられる恐ろしい吸血鬼の類いの夢を見続けた。

そんな気分をようやく吹き飛ばすことができたのは朝陽が昇ってからだった。そして朝食を終えると、わたしはビルの書斎に入って扉を閉め、ブーン巡査部長に電話した。

「ミス・パイパー、もし、また死体を見つけたとおっしゃるなら」わたしが名乗るやブーン巡査部長は言った。「もうお断りですぞ。ありもしない死体を捜しに、そちらへは数えきれないほど足を運びましたからな」

「でも、昨日《きのう》の夜は一つ見つかったでしょ」わたしは言わないわけにいかなかった。

「ああ、たしかにね！」彼は実感を込めて声を張りあげた。「昨日は大当たりでしたな。ですがね、それとこれとは別の話だ。そっちは――」

「わたしが大まちがいをしていなきゃ、昨日のは、その前の夜に消え失せたやつだわ」わたしは巡査部長の言葉を遮った。彼が話をはぐらかして電話を切る前に、全力で一気に攻めてしまおうと判断したのだ。「ブーン巡査部長、あなただっておわかりですよね。昨夜、掘り起こされた死体は一年も前のものじゃないって。わたしが二日前の夜に見つけた死体がその直後に消えたんですよ。同じ死体じゃないなんてことありますか?」

彼は考えているらしく、しばしの静寂があった。それから、つっけんどんにこう言った。

「お嬢さん、たしかにね。おっしゃることにも一理ある。では、確認させてさしあげますよ。市の死体保管所で会いましょう――あそこに運び入れましたからな。おたくの見たものと同じかどうか確かめましょう」

これは少しばかり期待以上だった。それでも、何が起ころうとこの人を前に引き下がるつもりはなかった。

「わかりました」胃が上下反転したような声になっていないのを願いながら、わたしは言った。「三〇分で行きます」

市の死体保管所が入った陰気な建物の受付に行くと、ブーン巡査部長が先にいて、わたしを待っていた。座ったまま椅子を後ろの壁のほうに傾け、当番の案内係と親しそうに話していたが、わたしの姿が目に入ると立ち上がった。

「ほう、まさか本当に来るとはね、ミス・パイパー」彼はこんな挨拶で迎えてくれた。「たいていのご婦人は、ここに来ると思うだけでギャーギャーと大騒ぎですよ」

「あら、長い人生、たかが死体一つくらいでどうだって言うんですか」わたしは本心と裏腹の厚かましい口調で返した。「もう慣れっこですから」

彼は渋々ながらも敬服するような笑みを見せると、案内係のほうを向いた。

「それじゃあビル、お願いするよ」

案内係に先導され、大きな部屋の中へ入った。部屋の主な特徴を述べるなら、湿っぽく、ひどく冷たく、吐き気を催すようなホルムアルデヒドの臭《にお》いがした。だが、部屋の片側にある厚板でできた低い台の上に載りシートで覆われているものに注意が向き、そして目が釘づけになったとたん、こうした感覚はすべて意識の中から吹き飛んだ。

三人で台に近づくと、真上から吊り下がっている円錐形の笠をかぶった電灯を案内係が点けた。このとき、巡査部長がわたしの肘の内側に自分の手を滑り込ませた――万が一の場合、わたしを支えるためだろう。そのあいだに案内係がシートの端をめくった。

わたしは灰白色の顔に視線を向けた――それが、わたしに求められていることだから。顔つきは鋭く、死によってどこか現実離れしていて、真上の電灯から放たれる目の眩《くら》むような白い光の中で浮き上がって見えた。わたしは首を縦に振った。

「ええ」まだ声がちゃんと出たのでほっとした。「この人です」

「まちがいないでしょうな、ミス・パイパー」一片の迷いもないか念押しするように、ブーン巡査部長は訊いた。

ところがわたしが答える前に、わたしたちの通ってきた扉が開き、警察官が一人、顔を覗《のぞ》かせた。

「やあ、ビル」警察官は死体保管所の案内係に呼びかけた。「ほかにも会いたいっていうお仲間さんがいるんだが、入ってもらってもいいかい？」

案内係がブーン巡査部長にちらりと目を遣ると、巡査部長はこくりと頷《うなず》き、それから警察官に向かって言った。

「ああ、いいよ、ハリー。入ってもらってくれ。仲間は多いほうが楽しかろう」

警察官は姿を消すと、数秒して男性二人とともに戻ってきた。なんとトリローニーと医師のモートンではないか。

トリローニーは巡査部長と案内係に挨拶し、そのあとわたしの姿を認めた。

「ピーター・パイパー！　いったいここで何をしてるんだ」彼は大声で訊いてきた。

「あの日の夜のことはリンゴ酒のせいじゃないって、巡査部長に納得してもらってたの」わたしは冗談めかして言った。「やっと信じてもらえたみたい」

トリローニーはその意味をすぐに理解した。

「おそらくそうだろうと思ってた」彼は言った。「それにしても、さすがだな。自ら確かめに来るとは」

モートン先生は何の話をしているのかときょとんとした顔をしていたが、口は挟まなかった。トリローニーは巡査部長のほうを向いた。

「こちらがモートン医師です、ブーン巡査部長」と、彼は連れを紹介した。「昨年のフラッグ死亡事件で会っていらっしゃるのではないでしょうか。ここに来てほしいと今朝お願いしたんです。昨晩運んできた遺体の身元確認をしてもらえるのではないかと」

トリローニーが案内係に身ぶりで合図すると、案内係はわたしが見たあと元に戻していたシートの端を再びめくった。モートン先生は台に歩み寄り、職務の一環とでもいうように表情一つ変えず死体の上に屈み込んだ。だが、次の瞬間、その態度は一変した。

「ああ、なんと！」モートン先生は動揺し、思わず叫んだ。「知っています、この男性を。ジョン・ブランドンです。ウィンストン・フラッグの秘書であり介助人だった男性です。なんということだ！　では……では、溺死していたのではなかったのか！」

ブーン巡査部長は口をあんぐり開けたまま、まずこの医者を、それからトリローニーを凝視した。

「いやはや」巡査部長は声を荒らげた。「いったいどういうことでしょうかな。あたしゃ、てっきり――」

「いや、いいんです。巡査部長」トリローニーがすかさず遮った。巡査部長にこれ以上しゃべらせまいとしているようだった。「医師が身元確認してくれたわけですからまちがいないでしょう。なにしろ先生は生前のミスター・ブランドンをご存じなんです」

ブーン巡査部長は何かあるのだろうと察したらしく、そこから先を言わなかった。だが、彼が手の甲で顎《あご》を擦《こす》っているのをわたしは見逃さなかった。巡査部長は頭が混乱しているとき、これまでも決まってこの仕草を見せていた。

モートン先生が棺台から離れた。医師としての立場をしばし忘れたように思えた。

「ミセス・ブランドンはこのことをご存じなのでしょうか」モートン先生はシートの下の死体に向かって頭をぐいと傾けながら訊ね、「ご存じないのであれば」と誰にも答える隙を与えず続けた。「わたしからお伝えしてもかまわないでしょうか。おそらく見ず……見ず知らずの人から聞かされるよりいいでしょう」

「ということは、彼女とは親しいご関係なのですね」トリローニーはいかにも驚いたふりをして訊ねた。

モートン先生は少々気まずそうな顔をした。

「いや、そういうわけでは」打ち明けるような口調になって彼は答えた。「要するに、顔……顔見知り程度といったところでしょうか。数カ月ほど前に、ウィンストン・フラッグは自らを撃って死んだのではないかとわたしの意見を聴きにやってきたのです。自分の夫が殺人犯だとは思っていないのです」

トリローニーはそれについては何も言わず、こう答えただけだった。

「ええ、先生、ミセス・ブランドンにご主人が亡くなったと伝えていただければ助かります。ご指摘のとおり、見ず知らずの人間が知らせるような内容ではありませんから」

モートン先生が巡査部長とわたしに会釈して足早に去ってしまうと、わたしは心の中でニヤリとした。ここにも一人、キャロル・ブランドンに心を奪われた男がいる。たとえこうした不快極まる役回りであろうと、あらゆる口実を見つけて「顔見知り程度」の関係を発展させたいのだ。同時に、本当のところはどの程度の関係なのだろうかと考えずにはいられなかった。

「いやはや、いったい誰の頭がおかしいんでしょうかな、ミスター・トリローニー」ブーン巡査部長は声を爆発させた。「昨晩、馬面《うまづら》のハットン女史は、こいつは一年前にバラされたはずの夫のウィンストン・フラッグだと言った。そして、このミス・パイパーは今朝ここで、あの晩、墓場で見つけた射殺直後の男だと言った。そして今度は、あなたの連れてきたあの医者が、フラッグを撃ったあと一カ月近く前に溺れ死んだとされているジョン・ブランドンだと言う。全員が正しいわけはありますまい」

「ところが、妙な話ですが、ある意味、全員正しいんです、巡査部長」とトリローニーは言い、首をかしげているブーン巡査部長に向かってニッと笑った。「ミス・パイパーと僕と一緒に郡の検察局まで来ていただけたら僕の言った意味がわかりますよ。ある調査依頼を検事にしていまして、その報告書が午前中に用意できているはずなんです」

フィラデルフィア郡のトマス・グリーアソン検事は肩幅が広く、黒いちょび髭を生やした落ち着きのない男だった。いつも落ち着きなくちょび髭を引っ張っているか、机の上のものを夢中でいじっているかのどちらかだった。

「お目にかかれて光栄です、ミス・パイパー」トリローニーがわたしを紹介すると、検事は丁重に言った。「今回のフラッグ事件では、われわれのために非常に貴重な手がかりを見つけ出してくれているとテッドから聞いていますよ」

死んだ人をちょっとだけですと意味不明なことをもごもごと答え、わたしは彼の差し出したタバコを受け取った。トリローニーはわたしにマッチを擦ってくれたあと、ポケットに手を突っ込み自分のパイプを取り出した。

「たった今、死体保管所へ行ってきたよ、トム」トリローニーはパイプに刻みタバコを詰めながら話し始めた。「モートン医師を連れていった。フラッグの癌だかなんだかの往診をしていて、彼が銃で死亡したとき呼ばれた青年だ。遺体は彼の知っているジョン・ブランドンだと断言した。さらにミス・パイパーは、二日前の夜にノーランの霊廟で見たのと同じ男だと言っている」

検事はゆっくりと頭を縦に振った。

「おおよそ君の思ったとおりに展開してるんだな？」検事は言った。「ほら、これが君の欲しがってたオクラホマシティからの報告書だ。調べあげてくれているようだから確認してみてくれ。新たに登場する男の名前はともかくね」

「いやはや、何の話ですかな」巡査部長がこらえきれずに訊いた。「一人の男が、それぞれ別々の時期に死んだ別々の三人ですと？　まったくもって解せませんぞ」

「すぐにわかりますよ」トリローニーは読んでいたタイプ文字の並ぶ報告書から目を上げずに言い、それから検事に、「ところでトム、ミス・パイパーに昨晩の調査結果を教えてあげてくれないか」と言った。

検事はわたしに顔を向けた。

「あまり気持ちのいい話でないんでね」彼は申し訳なさそうな様子で話し始めた。「なるべく手短に終えますよ。土を掘り始めてすぐなんですが、墓の芝が一度剝がされたあと、またきれいに戻されているのに気づきましてね。その下の土もほぐれていたので、われわれの計画を知った誰かが、一年前に埋葬された死体を持ち去って身元確認できないようにしたのだろうと最初は考えたわけです。ところがそうではなかった。柩《ひつぎ》には手をつけていなかったんですよ。フラッグの死体を柩の上に乗っけた状態で、墓を埋め戻していた。ガイシャの死体を始末するのにガイシャ本人の墓に隠すとは、犯人は実に悪知恵が回る。犯行当日の夜にやったにちがいない」

「実は」わたしはふと思い出したことがあって、戦慄を覚えながら言った。「一一時ごろ、共同墓地の中で明かりを見たんです。でも、ブーン巡査部長か部下の刑事さんがわたしの見た死体をまだ捜しているんだと思っていました」

トリローニーは報告書から目を上げた。

「そういうことなら、その時刻に完全なアリバイ作りをしなけりゃならない人物がいるはずだな」と、彼は指摘した。「その人物の見当はつくが、そこを追及する前に、巡査部長、死体をめぐるゴタゴタについて説明しておきましょう」

　トリローニーは報告書を検事に手渡しながら、「この報告書は」と言った。「フラッグがかつて住んでいたオクラホマシティの警察署長から送ってもらったものです。これによれば、フラッグはオクラホマを離れて東部に戻る前に、当時、末期癌を患っていたロバート・ティールという名の男を地元の病院の施療院（貧しい病人などを無料で治療する施設）から連れ出しているんです。この男、ティールの容姿は、去年、銃によって死亡しウィンストン・フラッグの名で埋葬された男の記録にある容姿と一致する。さあ、おわかりになりましたか」

「なんてこった、わかりましたよ！」巡査部長は目を開かされたように絶叫した。「二人が入れ替わったということですな！　だが、ミスター・トリローニー、まだ筋が通りませんぞ！」

「通ると思います。こんな可能性をちょっと考えてみてください」とトリローニーは言い、警察署長からの報告書に目を通しているあいだに消えてしまったパイプの火を点け直し、話を続けた。

「たとえば、何らかの理由でウィンストン・フラッグがこの世から存在を消したかったとしましょう。同時に、なかなか考えにくいが、そのために自分の莫大な財産を費やすのも厭《いと》わなかった。そこで彼はこんな計画を立てた。余命いくばくもない男性を見つけ東部まで連れてきて、自分のふりをしてもらうのです。この男性、ロバート・ティールには、残りの人生を大富豪ウィンストン・フラッグとして何不自由なく過ごしてもらう。そして、最期を迎えたときもフラッグとして墓に入ってもらう。身寄りも金もなかったティールはこの誘いに飛びついたにちがいない。これらの条件を飲んだとしても失うものは何もない。物品や金銭の面を考えれば得るものは大きい。

一方でフラッグは、ジョン・ブランドンを相続人とする遺言状を書いた。ジョン・ブランドンとは、自分が生まれ変わって名乗る名です。こうしておけば、フラッグとされた男が死んだ暁には、フラッグ本人は晴れてブランドンという新たな人格として財産を受け継ぐことができる。言うなれば、自分自身の相続人となるわけです」

「こりゃ、とんでもなく参りましたな！」巡査部長は情感たっぷりに驚きを表した。「そうしてこのティールを撃ち殺し、自分自身を殺した罪で指名手配されて、予想外に計画をまるまる潰してしまったわけですな」

完璧につじつまが合っているように思えた。だが、トリローニーの説明を聴いているあいだ、わたしはどこかしっくり来ない気がしてならなかった。そして、ここで不意に、その理由がわかった。

「ちょっと待って」わたしは話に割って入った。「みなさんの仕事にわたしが口出しするなんておこがましいんですけど、フラッグが今のような事をやりおおせるのはフラッグを知っている人が周囲に誰もいない場合だけだって、お気づきですよね。でも、実際は違います。グレゴリー・ノーランはフラッグを知っていたのだし、入れ替わっているのは即座に見抜けたはず。それなのに、一年前に拳銃で死んだのはフラッグだと言ってる」

検事の驚きようといったら、まるで漫画のひとコマだった。ちょび髭に運ぼうとしていた手を止め、それから、その手をゆっくりと机に戻した。

「ミス・パイパーの言うとおりだぞ、テッド！」検事は怒鳴った。「君の仮説ではどう説明するんだ」

トリローニーは自分の周りを漂っていたタバコの煙の向こうでニヤリとした。

「もちろん、ミス・パイパーは正しい」彼は動じることなく首を縦に振った。「だが、仮説をどうこう言う前に、少しでいいから事実に目を向けてくれよ、トム。ここに二つの死体がある。両方ともウィンストン・フラッグのものと確認された。片方は去年、銃弾によって死亡し、ノーランが正式に身元を確認した。もう片方は二日前に銃弾によって死亡し、フラッグの元妻であるケイト・ハットンが身元を確認した。明らかに、どちらかが嘘をついている。このティールという新たな男の登場を考慮に入れて物語全体を見たとき、どちらが嘘をついているのか判断は任せるよ」

ブーン巡査部長は椅子を後方に傾け、後ろ脚二本だけで支えて座っていたが、ここでバタンと前の二本を床に落とした。

「なんてこった、ミスター・トリローニー！」彼は喉を絞り上げるように言った。「と、ということは、この件にはノーランが一枚嚙んでいるんですな！」

トリローニーはこくりと頷いた。

「そのとおりです、巡査部長。そして僕の予想では、つい最近まで、おそらくフラッグが〈幽霊の館〉に忍び込んでケイト・ハットンが相続人の古い遺言状を破き、レイバーンさんが見つけたキャロル・ブランドンを唯一の相続人とした例の遺言状と差し替えるチャンスが訪れるまで、ノーランはあの不謹慎な霊廟の中にフラッグを匿《かくま》っていた。さらに予想するなら、仲良しだったノーランは一昨日の発砲事件についてもかなりの情報をもっている可能性がある。ここでピーター・パイパー、君の出番だ」彼はわたしのほうを向いた。「君は当然、霊廟で銃声を聞いた時刻をわかってるよね」

「ええ、正確に何分とまでは言えないけど。でも、あのメモしておいた時間にさほどのズレはないはず。わたしがケイト・ハットンを追って外に出ようとしたとき〈幽霊の館〉の玄関広間の時計が九時を打って、そのあと戻ってきてブーン巡査部長との電話を切ったとき九時半を打ったから。だから、往復にかかった時間を差し引けば――」

「それだけ正確なら充分だ」トリローニーは言った。「ケイト・ハットンの話では、彼女が訪ねたときノーランは家にいなかった。訪ねたのはだいたいその時間だったんじゃないかな」そのあと検事に向かってこう言った。「先が見えてきたかい、トム」

「ああ、見えてきたよ」グリーアソン検事は即答した。「ミス・パイパーとミス・ハットンが証言してわれわれの言い分を裏づけてくれれば、ノーラン逮捕に事足りるだろう」

トリローニーは天井に向かって新たにタバコの煙を吐き出した。

「おそらくね」彼は否定はしなかったものの、思案している口ぶりだった。「一つ問題を挙げるなら、何らかの動機が明らかにならないかぎり殺人罪に問うことはできない」

巡査部長が鼻息を荒くした。

「動機！」彼は吠えた。「そやつの仕業と証明できれば、殺った理由なんぞかまいやしません。あたしとあの子ら二、三人でその男をつついてきますから、少々お待ちを、ミスター・トリローニー。舞台の上で最高のセリフを披露させてやろうじゃありませんか」

だが、ここで検事が口を挟んだ。

「まあ、そう焦らずに、ブーンさん」検事は巡査部長を窘《たしな》めた。「ノーランの逮捕はさせてあげますよ。だが、容疑は犯罪者の隠匿です。殺人罪ではありませんよ。だとしても逮捕前にまず、一昨日の晩にその男が家を出た時刻と帰宅した時刻、それからミス・パイパーが共同墓地で明かりを見た時刻に関して使用人に確認したほうがいいですね。一か八か逮捕してみたらアリバイがあった、なんてことになって馬鹿を見るのはごめんですよ」検事はトリローニーのほうを向き、「君もそう思うだろう、テッド」と言った。

ところがトリローニーは首を横に振った。

「そこのところは巡査部長にお任せします」と、彼は答えた。「そのあいだに別の角度から調べたいことがあるんでね」

トリローニーはパイプの灰を検事のゴミ箱の中にトントンと落とすと立ち上がった。

「さあ、行くよ、ピーター」彼はわたしに言った。「ちょっと手を貸してくれ」

第一四章　嘘か、まことか

市庁舎の一階に向かってエレベーターで下りていると、トリローニーが訊いてきた。

「教えてくれ、ピーター・パイパー。一方の女性が嘘をついているとき、もう一方の女性にはそれがわかるものかな」

「必ずしもそうとは言えないけど」わたしは慎重に答えた。「でも、たいていはわかると思う。どうして？」

「実は」彼は答えた。「キャロル・ブランドンにちょっとした聴き取りをしようと思ってる。彼女の話すことが真実かどうかの見極めが非常に重要だ。そういう場合の自分の判断に、僕は自信がなくてね。だから、君の助けが必要だ。協力してくれるね」

「頑張るわ」わたしは意気込んで言った。「で、いつ？」

わたしがはりきるのを見て、彼はくすくす笑った。

「君さえよければ、今すぐだ」彼は答えた。「だが、まずはテンプルトン君のところに寄って、この大遠征に同行しないか誘ってみよう。今回の件では、僕が邪魔してるんじゃないかとあいつは半分疑ってるからね。依頼主の利益を損なうようなことを裏でやってると思ったら、あいつは僕を許しちゃくれないだろう」

リン・テンプルトンの事務所は市庁舎からほんの数ブロック先の建物の中にあった。だが、わたしたちが到着すると、テンプルトンは依頼主に応対中だと事務員から告げられた。

「待たせてもらうよ」トリローニーは言った。そのあと、あたかも今思いついたように訊ねた。「ところでハワード君、ひょっとして、依頼主というのは女性かい？」

「ええ、そうですよ、ミスター・トリローニー。ミセス・ブランドンというお名前の」

トリローニーは顔を輝かせた。

「今いるんだね？」彼は大声で言い、それからわたしのほうを見た。「行こう、ピーター。僕たちも仲間に入れてもらおう」

彼はわたしの肘をつかみ、奥の部屋の扉へと引っ張っていった。事務員は怪訝《けげん》な表情と憤慨した表情が混ざった顔でわたしたちの背中を目で追った。

無礼にもノックもせずにリン・テンプルトンの執務室の中に突進すると、彼はギョッとして顔を上げた。そして机の向こうで椅子から立ち上がり、明らかに抗議しようと口を開きかけたが、充分開かないうちにトリローニーがそれを遮った。

「やあ、リン君」トリローニーはこの上なく厚かましい態度で呼びかけた。「ピーターと僕で、ちょうどミセス・ブランドンに会いに行こうとしてたんだがね、なんと、ここにいるじゃないか」扉の開く音に、座ったまま体を半分だけ捻《ひね》った黒い瞳の女性に彼は愛想よく微笑みかけた。「どこにも足を運ばずにすんだよ」

キャロル・ブランドンの美しさについてはすでに述べたが、先ほど知らされた悲しみの陰を表情豊かな瞳になお宿し、このときの彼女はいっそう魅力的に見えた。独特の消え入りそうな笑みをトリローニーに返し、次にわたしを見て小さく会釈した。ほかのことで頭がいっぱいで、わたしを見ても疑問に思ったり腹を立てたりする様子さえなかった。

「わたしがテンプルトン弁護士に会いに来た理由はおわかりですね、ミスター・トリローニー」深みのある、よく響く声で彼女は言った。「先ほど聞きました、モートン先生から……」

彼女は最後まで言わなかった。感情が込み上げてきて続けられなくなったのではなく、言う必要がないとみなしたようだった。

リン・テンプルトンが、話すなら今だとばかりに口を開いた。

「テッド、いったいどういうことなのか説明してもらおうか」と彼は言い、「説明できなきゃ、ただじゃおかないぞ」という顔をした。そして、いったん口をつぐんだあと続けた。「ミセス・ブランドンがたった今、話してくれたんだが、いや……あの……」

そのあとテンプルトンもまた、続けてよいものだろうかと不意に思ったように、ここで言葉を切った。

「旦那さんが亡くなったと、ついさっきこの人がモートン先生から知らされたっていうんだろ?」トリローニーは彼に代わって締めくくった。「ああ、リン、そのとおりだ」それからキャロル・ブランドンのほうを向き、「つい、さっき知ったんですね、ミセス・ブランドン」と訊ねた。

鋭く鞭打たれて痛みが走ったような表情が、キャロル・ブランドンの美しく整った顔にほんの一瞬広がった。

「はい」その声は囁《ささや》きと呼ぶには明瞭だったが、あまりに低かったので囁きと呼んでもいいだろう。と、突然、彼女の表情が一変した。まるで昔の幻灯機に誰かが新たなスライドを差し込んだかのようだった。「そ、それは、どういう意味でしょうか」鋭い語気だった。

「どういう意味かというと」トリローニーは静かに答えた。「一時間と少し前にモートン先生から知らせを受け取るまで、あなたは旦那さんが生きていると思っていた」

トリローニーの言葉にしても態度にしても警戒を喚起させるものではなかったが、彼女はいきなり不安に襲われたように椅子の上で体をのけぞらせた。

「わたしは――」彼女が口を開きかけると、テンプルトンがそれを制止した。

「答えてはいけません、ミセス・ブランドン」テンプルトンは警告した。「もし答えれば――」

「いや大丈夫だ、リン」トリローニーはもどかしそうに口を挟んだ。「溺死したとされている夫が生きているのを知っていたと明かせば、ウィンストン・フラッグ殺害の事後共犯の罪に問われるおそれがあると忠告しようとしたんだろ。だが、もはやそんなことは問題じゃない。これでようやく、ジョン・ブランドンはウィンストン・フラッグを殺していないことがはっきりした」

「そうなんですね！」キャロル・ブランドンの不安の表情が計り知れない安堵に変わった。「でしたら……ウィンストン・フラッグを殺した犯人もご存じなんですね、ミスター・トリローニー」

「怪しい人物はいます」トリローニーは表情一つ変えずに言った。「ですが、もっと情報がなければ何も立証できません。ですから真実を語ってください、ミセス・ブランドン――包み隠さず、すべてを。フィラデルフィアまでやってきてウィンストン・フラッグの財産を要求するという、あなたの計画について」

言うのを渋るだろうと、わたしは半ば思った。トリローニーもそうだったにちがいない。ところが彼女は渋らなかった。

「ちょうどテンプルトン弁護士にそれを説明していたところでした」彼女は答えた。「自分はウィンストン・フラッグを殺していないとジョンが言ったとき、わたしは彼を信じました。そして、あの人の無実を証明するために、できるかぎりのことをしようと思いました。けれども、それにはお金が必要です。わたしにしても彼にしても、たいしたお金はもっていなかったので、何かしらの方法を考えようということになりました。ジョンは、自分がミスター・フラッグの遺言状で遺産の大半の受取人になっていることを知っていました。そこで、わたしたちはこんなふうに仕組んだんです。結婚の手続きを済ませたらすぐに、メキシコへ逃亡する途中で溺れ死んだように見せかけて、あの人は姿を消す。そのあとわたしはここへ来てジョンの未亡人としてその遺産を要求し、お金が入ったところで彼の無実を証明する、と。真っ当なやり方でないのはわかっています」そして自分の行為を非難されたかのように、彼女はこうつけ加えた。「けれども、わたしたちは藁《わら》にもすがる思いだった。わたしたちに開かれた道はこれしかないように思えたんです」話は続いた。

「そのあとのことはご存じですね。わたしの要求がまさに認められようというとき、フラッグの前の奥さんが異議を唱えて、またもや遺産はすべて凍結されてしまいました。わたしは偽名を使っていたジョンに連絡を取り、どうしたらいいかと訊ねました。彼は、裁判を続けてくれ、そちらへ行ってどうにかするからと返事をよこしました。そして、自分が到着したらミスター・フラッグの遺言執行者であるノーランが知らせてくれると同時にこっそり二人で会えるよう段取りをつけてくれるとも言ったんです」

「で、ノーランはそのとおりにしてくれましたか」トリローニーがここで質問を挟んだ。

彼女はこくりと頷《うなず》いた。

「先週の金曜日の午後、ミスター・ノーランが電話をくれました」彼女はわたしを横目でちらりと見た。アルシーアとわたしがホテルの彼女の部屋にいたときの、あの電話がそれだったのかとわたしははっとした。

「ジョンが前日に到着したと教えてくれました。そして、彼——ミスター・ノーランのことですが——は、夜になったら迎えに行く、あの人に会わせると言ったんです。けれども彼は来ませんでした。彼は……」

キャロル・ブランドンは言葉を切り、驚愕したような、異様な表情をトリローニーに向けた。この瞬間、ノーランが姿を現さなかった理由を悟ったにちがいない。

「ジョンは、あのとき……殺されたんですね」彼女は途切れ途切れに言った。

「そうです、ミセス・ブランドン。われわれはそう考えています」トリローニーは答えた。

「ああ」彼女は抑揚のない声を出した。それから、わたしたちにというより自分に語りかけるように続けた。「まさに無実が証明されようというとき、こんなことになるなんて……本当に皮肉ね。いえ、何もかも手遅れになってから……無実が証明されるなんて」

わたしはこの女性を気の毒に思った。結婚したときは夫を深く愛していたわけではなかったとアルシーアとわたしには明かしたけれども、それでも夫のためにこれだけのことをしてきたのだ。好意がなかったわけはないだろう。夫の死に、予想を越えて打ちひしがれているのは明らかだった。

トリローニーが再び口を開いた。

「では、次の問題に移りましょう、ミセス・ブランドン」穏やかな口調で彼は言った。「旦那さんが亡くなったのですから、もうフラッグの遺産を切に求める必要はないのではないでしょうか。ミセス・フラッグもその遺産を求めて争う姿勢なのを考えるとなおさら」

「それをテンプルトン弁護士にお願いしようと思っていたとき、あなたがたお二人が入ってきたんです」彼女は答えた。「要求はすべて取り下げてください。ジョンは死んでしまったのですから、争いを続ける理由はありません」

テンプルトンは考え直すように言おうと口を開きかけたが、トリローニーがギロリと睨《にら》んで、またもや彼を黙らせた。

「非常に賢明な判断です」トリローニーは頷いた。「ですが、こんな提案をさせていただきましょう。遺産の要求をすっかり取り下げるのではなく、個人的にミセス・フラッグ――今はケイト・ハットンと名乗っていますが――と会って、遺産を二人で均等に分けるのはどうかともちかけるのです。あなたがたがこのまま裁判を続け、存在するはずだと主張している古い遺言状を彼女が提示できなかった場合を考えれば、そのほうが彼女にとっても得策でしょう。あなたにも充分な金銭の蓄えができ、旦那さんもそれが本望なのではないでしょうか。あなたがそれでよければ、ミスター・ノーランへはテンプルトン君が伝えてくれます。こうした条件で遺産を処理できるよう、遺言執行者であるノーランが遺言検認判事に許可を申請するでしょう」

「そんなこと僕はしないぞ！」テンプルトンが憤然として割って入った。「君も知ってるはずだろう、テッド――」

「ああ、君が依頼主のために取れるものは取り尽くしたいと思ってるのは知ってるよ、リン君」トリローニーはテンプルトンにそれ以上言わせなかった。「だがこうすれば、ミセス・ブランドンは一〇〇パーセント満足するし、同時にミセス・フラッグの権利もないがしろにされない」

「だが、ミセス・ブランドンはまだ知らない――」テンプルトンが言いかけると、トリローニーはまたも彼を遮った。

「この人は現実をちゃんとわかっていると思うよ」トリローニーは言葉の意味を巧みにすり替えた。「さあ、この人は旦那さんを亡くしたんだ。やらなければならないことがほかにもあるはずだ。われわれにはこれ以上この人をここに引き止めておく権利はないよ」

キャロル・ブランドンは安堵したように立ち上がった。

「ありがとうございました」彼女は言った。「モートン先生がわたしのためにいろいろしてくださることになっています。これで……もし、ほかにお話がなければ、これで失礼します」

トリローニーは部屋を横切って扉を開け、彼女のために押さえておいた。そして彼女が出ていってしまうと再び扉を閉め、わたしのほうを向いた。

「さあ、ピーター」彼は訊ねた。「嘘か、まことか」

何が知りたいのかはわかっていた。キャロル・ブランドンは真実を語っているのか、それとも嘘をついているか訊いているのだ。

「まこと」わたしは答えた。「確実と言ってもいいわね」

彼は思案顔で頷いた。

「僕もそんな印象を受けた。つまり、彼女は知らなかった。遺産争いを放棄してもかまわないと言うんだから、今も知らない」

リン・テンプルトンは鬱憤《うっぷん》を晴らすために、何かに、いや誰かに今にも噛みつきそうな顔をしていた。

「もちろん、知らなかったさ！」彼は吠えるような声を出した。「もしフラッグの最後の遺言状の存在を知っていたら、君のマヌケな提案に従うわけないだろう」

トリローニーはテンプルトンがここにいるのを忘れていたとでもいうように彼に目を遣った。

「すまない、リン。君に説明する機会がなかったものだから」彼は言った。「ここでは、あの遺言状のことは話題に出さないつもりだった。直接はね。だから、ついさっき君がその大きな口を開けて遺言状のことをペラペラ彼女に話しだしたりしたら、僕は君の口に足を突っ込んででも黙らせるところだったよ。君のやるべき仕事――フラッグの遺産の要求の取り下げを彼女にもちかけたとき僕がやりたかったこと――は、相続権が一〇〇パーセント彼女にある事実を本人が知らないのを証明することだ。君がそれを証明しないかぎり、彼女には二日前の晩のフラッグ殺しの動機があるように見えてしまう」

「フラッグ殺しの？」テンプルトンは聞き返した。「おいおい、死んだのはブランドンだったんじゃ……」

テンプルトンは憐れっぽい、当惑した顔をわたしに向けた。

「ミス・パイパー」テンプルトンは言った。「この大馬鹿者がいったい何を言っているのか説明してもらえませんか」

と、その瞬間、郡の検察局にいたとき気づくべきだったことが、そして、もう少し考える余裕があればきっと気づいていたはずのことが、不意にわたしの脳裏に閃《ひらめ》いた。

「ああ、なんてこと！」ついに目の前に光が射したかのようにわたしは叫んでいた。「ウィンストン・フラッグとジョン・ブランドンが同一人物だとしたら、そしたら……キャロル・ブランドンは、本当は……」

「そのとおりだ」わたしに代わってトリローニーがその先を言った。「キャロル・ブランドンはフラッグの二番目の奥さんだ」

第一五章　全員集合

　キャロル・ブランドンが執務室を出ていってしまったあともテンプルトンは立ったままだったが、トリローニーのひと言に文字どおり押し戻されるように、机の向こう側でようやくゆっくりと腰を下ろした。

「彼女は知らないんだな」しばらくどこかに置き忘れていたらしい声を見つけるなりテンプルトンは言った。

「知らないといいんだが、彼女のためには」トリローニーは答えた。「だが、おそらく知らないだろう。ついさっき僕が言ったのはこのことだ。君は遺言状のことを言っていると思ったようだがね。しかしこれで、彼女に遺産争いをやめてほしい理由がわかったろ？　フラッグの妻としてであれ最後の遺言状で指定された遺産受取人としてであれ相続権が彼女にあることを本人はまったく知らなかったと証明できないかぎり、彼女にはフラッグ殺害の完璧な動機があるように見えてしまう」

　テンプルトンはまだ少し頭の中が整理できていないようだったので、トリローニーは先を続けた。

「最後の遺言状で相続人になっているのだから、ウィンストン・フラッグの遺産を受け取る権利が彼女にあるのは疑いようがない。だが、あの遺言状が本人の書いたものだとしても、フラッグが死んだとされた日のあとに書かれたことが証明されてしまうと、言うまでもなくフラッグは死んでいないことになり、したがって遺言は執行されない。言い換えれば、遺言状に基づいて彼女が財産を手にするにはフラッグは死んでいなければならない。殺害の動機については理解できたかい？」

　テンプルトンは頷《うなず》いた。

「ああ」彼は重々しい口調で言った。「その点は理解した。しかし、そもそもいったいどうしてフラッグはあんな日付をごまかした遺言状をあとから書くなんて面倒なことをしたんだろうか。そんな小細工せずに、彼女に正体を明かしておいて自分の妻として遺産を請求させればよかったじゃないか。フラッグが名前を変えて結婚していたとしても彼女の相続権は認められたはずだ」

「ああ」トリローニーは待ってましたとばかりに返事した。「きっとそうだったろう。だが、彼女はウィンストン・フラッグが死んだとされたあとにブランドンと名乗るフラッグと結婚したことを忘れないでくれ。二人が同一人物だったとなればフラッグは死んでいなかったことになるから、またもやフラッグの財産は凍結されてしまう。彼女がフラッグの未亡人として遺産を要求するにはフラッグの未亡人でなければならない。ここで、彼女のフラッグ殺害の動機に話がつながるわけだ——ただし、彼女が知っていたなら、だ。だが、彼女が最後の遺言状の存在も、フラッグとブランドンが同一人物なのも知らなかった事実を示す合理的な証拠さえ提示できれば、彼女にはフラッグ殺害の動機だけでなくフラッグは死んでいないと考える理由もないことが証明できる」

　テンプルトンはこの独演会の最後の部分を、右肘を机の上に乗せ、右手の指を金髪の中に埋めるようにして聴いていたが、ここで顔を上げた。

「テッド」しおらしい口調だった。「悪かったな。この件じゃ、君は僕の足を引っ張っているのかと最初は思っていたが、そうでないとわかったよ。ミセス・ブランドンは遺産の請求を撤回するとノーランに伝えよう。すぐにでも取りかかったほうがいいかい？」

「ああ」トリローニーは答えた。「一刻も早いほうがいい。ブーン巡査部長が今日にもノーランのところへ行って、フラッグ殺害の件で尋問する気だ。その前に、ミセス・ブランドンが相続を放棄すると聞いて彼がどんな反応をするか確かめたい。フラッグが死んだのを知っているのかどうかわかるかもしれない」

そのあとわたしは〈幽霊の館〉まで送ってもらう車の中でようやく、トリローニーにずっと訊ねたかったことがあったのを思い出した。訊ねる機会がなかったのだ。

「わたしの頭が鈍いからだと思うけど」と、わたしは切り出した。「ウィンストン・フラッグはそもそもどうして偽名を使ってキャロル・ブランドンと結婚したのか、いまだに不思議なんだけど。もしこの世にいないことにしたい理由があって、その手はずも整えたんだったら、まず本当の名前で結婚しておいて、それから東部へ来て死んだふりをすればよかったじゃないの。そのほうがずっと簡単で安全に思えるけど」

「そうだね」彼は答えた。「一つの問題を除けばね。つまり、この世にいないことにしたかった理由がすなわち、ウィンストン・フラッグとして彼女と結婚できない理由だったんだ。ピーター、忘れないでくれよ、ミセス・フラッグがすでにもう一人存在していることを。最初の奥さんは、離婚の最終決定は下されていないと言っているんだよね」

一時間と少ししか経たないうちに、二度目の光がわたしの目の前に射した。

「あ！」わたしは思わず叫んだ。「ウィンストン・フラッグにはすでに奥さんがいたから、ウィンストン・フラッグの名では結婚できなかったのね。でも、一般的に妻は夫の死が正式に認められないかぎり再婚が許されないものだから、きっと逆もまた真なりで、自分も再婚したいなら死ぬしかないと考えたのね」

「そうかもしれないし、その場を切り抜けられるなら法的なことなど気にしていなかったかもしれない」と、彼は答えた。「憶えてるかい、ピーター。あの日、市庁舎で会ったとき、君は、フラッグをめぐる登場人物が一人欠けている気がすると、最初にレイバーンさんに話したと言ってたよね。つまり、フラッグが結婚しようとしていた女性だ。それに、フラッグがその女性でなくジョン・ブランドンを相続人にしたのは奇妙だとも指摘したんだよね。君がたまたま口にしたこの二点から、企ての全貌が見え始めて、ウィンストン・フラッグとジョン・ブランドンは同一人物なのではないかと睨《にら》んだんだ。そして昨日《きのう》、キャロルとジョン・ブランドンはフラッグが死んだとされたあとに結婚したらしいと君から聞かされ、まちがいないと確信した」

「だったらわたし、今度はフラッグを撃った犯人の手がかりになりそうなことも、誰かに話せればいいんだけど」わたしは言った。「それとも、ノーランが殺《や》ったと思ってる?」

「正直に言うが、その確信はない。これまでのところ、証拠とまで言えないものも含めてあらゆる状況が彼にとって不利だし、誰と比べても不利だ。それはそうなんだが……。

　今日の午後、ブーン巡査部長がノーランを逮捕しに行くとき、やはり僕も同行しよう」彼はここでしばし沈黙した。「彼の最初の反応が、彼の話す内容よりも重要な手がかりになってくれるかもしれないから」

　屋敷に戻ると、アルシーアが待ちかまえていた。その目が今にも飛び出しそうなのを見れば、重大とみなした最新情報を彼女がつかんだのは明らかだった。

「ピート、あのね、新たな展開よ！」わたしをほかの人たちから離れたところへ連れていくなり、彼女は興奮した声を張りあげた。「ウィンストン・フラッグはウィンストン・フラッグじゃないらしいのよ。ジョン・ブランドンなんですって！」

「うん、知ってる」とわたしは言うと、手短にその日の経緯《いきさつ》を話し、それから訊ねた。「あなたはどうやって知ったの？」

「ケイト・ハットンが教えてくれたのよ」あまり品のよろしくない話でもするように声を低くして、こそこそとアルシーアは答えた。「今朝、あなたが出かけてからね、あの人、市の死体保管所へ行ったのよ。たぶん……たぶん、お葬式の準備やなんかのためだったんじゃないかしら」この世の最後の儀式を取りしきる様子を、彼女は大ざっぱに手を払うような仕草で表現した。「ところが到着してみたら、昨夜運ばれてきた遺体はジョン・ブランドンと確認されましたって言われたんですって」

「あら、まあ！」わたしは驚きの声をあげるとともに、この事態が現状に影響を及ぼすとすれば、いったいどういう影響だろうかと思った。「誰が身元確認したか教えてもらえたって？」

「モートン先生だって言われたらしいわよ」アルシーアは答えた。「ミス・ハットンは、そりゃあもう動転しちゃって。そりゃそうよね……なんてお気の毒！　あの人、今、モートン先生がビルの往診に来るのを待ってるところなの。先生にそのこと訊いてみるって」

　さてさて、それが何を意味するのか、わたしは悟った。フラッグとブランドンは同一人物だったとケイト・ハットンが知ってしまうことを意味する。まだ気づいていなければの話だが。しかし、それより深刻なのは、モートン先生もそれに気づいてしまうことだ。あの様子を見るにキャロル・ブランドンにぞっこんのモートン先生だ。彼女にそれを伝えるのは時間の——数時間、いや数分かも——問題だろう。そうなればすべての計画が水の泡ではないか。

「ちょっと、ごめんね」わたしは早口でアルシーアに言った。「すぐ戻るから」

「ピート、どこに行くのよ、どうしたのよ」何か隠してるんでしょと言わんばかりに、アルシーアは責めたてるような口調で言った。

「今は説明できないの。死体のことで会わなきゃならない人がいるから」わたしは肩越しに言うと、書斎へ向かってまっしぐらに階段を駆け上がった。

トリローニーに電話してみたが、居場所はわからないとのことだった。仕方なく、リン・テンプルトンに電話した。

何が起こったのか伝えると、彼は汚い言葉を吐き、それからその無礼を心から詫びた。

「つい口を滑らせてしまいました、ミス・パイパー」と、彼は言った。「とにかく、僕が予想できることといえば、キャロル・ブランドンが自分の結婚相手はフラッグだったと知った場合のその後の展開です。おそらく遺産請求の撤回を拒否するでしょう。もし拒否すれば――」

「ええ、わかってます」わたしは彼の話を最後まで聴かずに言った。「だから、あなたに電話したんです。そうさせないために、わたしたちに打つ手はありますか」

「残念ですが、ありません」彼は答えた。「わたしたちにできるのは唯一、彼女が知る前に、ミス・ハットンに示談をもちかけるよう彼女に働きかけることでしょう。あなたがかまわなければ、今すぐミセス・ブランドンを捕まえて、そちらに連れていきますが」

「なら、急いでそうしてください。モートン先生が間もなくここに来るはずなんです。わたしが発作でも起こして先生をつなぎとめておけば、そのあいだはケイト・ハットンと先生が話をしないようにできる」

電話を切り、再び階段を下りようとすると、ケイト・ハットンが玄関広間にいるのが見えた。わたしに気づけば、わたしが答えたり答えをはぐらかしたりする心の準備ができていない質問を投げかけたくなるにちがいない。そこで、わたしはそのまま二階にいることにした。ビルの寝室の扉が半分開いていたのでそちらへ行き、しばらくのあいだ本でも読んであげましょうかとビルに言った。

「本でも読む？」彼はいきりたって、わたしの言葉をくり返した。「いや、ごめんだね！　本を読むも何も、この家の中こそ、お粗末な推理小説で溢れかえってるじゃないか。こんなところで何日も暮らしてたおかげで、その手の本なんぞ考えただけでも神経に障って蕁麻疹が出そうだ。あのヤブ医者がすぐにでも僕を立てるようにしないなら、今度は僕が誰かを殺す番だ」

そのとき、玄関の呼び鈴が鳴った。まだ玄関広間にいたケイト・ハットンがそれに応えた。鳴らしたのはモートン先生だった。予想どおりだ。

一刻も早く行動を起こさなければ。わたしは階段の下り口まで走った。

「ああ、先生！」たった今ペストが発生したかのような声で、わたしは叫んだ。「間に合ってよかった！　ミスター・ブレークの容体が急変したんです！」

足を捻挫しただけにしてはおかしなことを言うなと思っている面持ちで先生はわたしを見上げたが、すぐに階段の上り口に向かってきた。

わたしは急いでビルの寝室の扉まで戻った。

「あの夜、転んだとき、お腹のどこかを痛めたみたいだって先生に言って」わたしは声を殺して言った。「しばらくのあいだ先生をここに引き止めておけるなら、なんでもいいから。あとで説明する」

わたしが書斎へ戻ろう――現状では、そこが唯一の気の休まる安全な場所に思えた――とすると、玄関の呼び鈴がまた鳴った。リン・テンプルトンはいったいどうやってこんなに早くキャロル・ブランドンを連れてくることができたのだろうと思いながら、わたしは呼び鈴に応えようと階段を下りかけた。が、ヘレンに先んじられてしまった。しかし玄関の外に立っていたのはテンプルトン弁護士とミセス・ブランドンではなく、グレゴリー・ノーランだった。

「ミセス・ブレーク」彼の声が聞こえてきた。「なぜここへ来たのかというと……さて、とりわけ僕がこんなお願いをするのはいささか奇妙だとお思いになるだろうが、ウィンストン・フラッグの最初の遺言状を捜すお許しをいただけないだろうか」

「でも、ノーランさん」ヘレンは一歩脇によけ、彼を迎え入れながら言った。「だって……あら、なら、あなた、ご存じないのね」

「何をです?」彼はヘレンの顔も見ずに、玄関広間にすばやくぐるりと巡らせた視線を最終的に本棚に据えた。

この男は何か企んでいるにちがいない! 木曜日の夜にウィンストン・フラッグが三つ目の遺言状を本棚に入れたのを知っていて、キャロル・ブランドンが自分の意向を宣言する前に見つけようと思っているのだ。彼女が遺産の要求を取り下げるつもりなのはテンプルトンがすでに伝えたはずだから。ヘレンが言おうとしたとおり、遺言状がすでに見つかったのを彼は知らないのだろう。ここはわたしの出番だ。こぼれた豆であたりが見苦しくなる前に対処しなければ。

ところが、わたしが階段を半分まで下りかけたとき、モートン先生を迎えたあとアルシーアのいる応接間へ入っていったケイト・ハットンが扉のところに姿を現した。

「手遅れよ、グレゴリー」彼女は淡々とした口調で言った。「遺言状はもう見つかったのよ」

彼は、後ずさりしたら思いがけなくサボテンにぶつかってしまったとでもいうように跳び上がった。「ということは……あんたが見つけたのか」いったいどうしてこの女が得意げにそれを言うのかと腑に落ちないような面持ちで、ノーランは彼女に目を向けた。「で、そいつをどうした？」

「あなたには関係なくてよ」彼女は言った。「あなたの手の及ばないところにありますから」

問題がここまで深刻でなければ、おもしろくてたまらない状況だったにちがいない。二人とも「遺言状」について話している。しかし、互いの指す遺言状が違うのを知らないまま、互いが自分に分があると思っている。

「遺言状のこと、わたしが教えてあげますよ、ミスター・ノーラン」わたしは朗らかに呼びかけた。「金曜日の朝、ミセス・レイバーンが本棚の中にあるのを見つけたんです。でも、あなた、そんなものは存在しないと思っていらっしゃったんじゃないですか」どんな言い訳をするだろうかと思って、わたしは最後にこうつけ加えた。

しかし、わたしの試みは実を結ばなかった。

「どこにあるんだ」彼はわたしの最後のひと言など意に介さず、こちらに向かって語気鋭く言った。

彼の問いに答えたのはアルシーアだった。

「ミス・パイパーとわたしで、検察局で働くお友だちのところへ持っていきましたのよ」アルシーアはカッコウ時計のカッコウのように応接間から頭だけ突き出して告げた。「何かご都合の悪いことでもありまして？」

これを聞くと、彼は体をギクリとさせた。そして一、二度息を呑み、それから激しい調子で返した。

「では、どういうわけで、あなたとミス・パイパーはそいつを検察局に見てもらう必要があると思ったのか教えていただけませんか、ミセス・レイバーン」

アルシーアの答えは知恵を絞って出てきたわけではなかったものの、適切だった。

「どういうわけで、検察局に見てもらってはいけないんですの？」。

ノーランは苦虫を嚙み潰したような顔をした。と、次の瞬間、態度を一変させた。

「残念です」自意識たっぷりの、しかし、それを除けば場を和ませるような口調で彼は言い始めた。「ここにいるみなさんが、僕を敵とみなすべきとお思いでいらっしゃるのは。僕の目的は、法と正義に基づいて、親友だったウィンストン・フラッグの財産を適切に処理することにほかなりません。もし僕が、遺産受取人筆頭のミセス・ブランドンに肩入れしているように見えるとしたら、それは、遺言状はこれ以上存在しないと心底信じているからです。しかし、ほかにも遺言状が見つかったというなら、そしてその遺言状が、検認のために僕の提出した遺言状によって無効にならないというなら、正当な相続権のあるミセス・フラッグに財産が渡るのを僕が邪魔するはずないでしょう」

みごとな語り口だった。たとえ解釈は二通り可能だったとしても。しかし、ケイト・ハットンには通じていなかった。彼女は耳障りな声で笑った。

「そうしていただきたいものね、グレゴリー」激しい憎しみを込めた目で、彼女はノーランを睨んだ。

「僕を信じないというなら――」と彼が言いかけたところで、またもや玄関の呼び鈴が鳴った。

ヘレンが扉を開けると、立っていたのは今度こそキャロル・ブランドンとリン・テンプルトンだった。

第一六章　ノーランの独り舞台

「失礼いたします」テンプルトンは堅苦しく挨拶した。それと同時に、ヘレンの肩越しに見えた光景に面食らって目をぱちくりさせた。「ミス・ケイト・ハットンに会わせていただきたく、お伺いしたのですが。こちらはジョン・ブランドンのご夫人で、わたくしはこのかたの弁護士をしておりますリン・テンプルトンと申します」

ヘレンは扉を大きく開けた。

「お会いできて光栄ですわ！　どうぞ、お入りになって！」あたかもアフタヌーン・ティーに招いたかのように、ヘレンはおもてなしの気持ちをほとばしらせて二人を迎えた。この数分間はヘレンにとってさえ展開が目まぐるしすぎて、彼女はいつもより少しばかり饒舌になっていた。

ケイト・ハットンが歩み出た。

「ミス・ハットンですけど」テンプルトンだけをまっすぐに見つめ、キャロル・ブランドンなど存在しないかのような態度だった。「あたくしにどんなご用がありまして？」

だがテンプルトンが答える前に、ノーランが割って入った。

「ちょっと待ってくださいよ」と彼は言うと、キャロル・ブランドンのほうを向いた。「あんたにしろ弁護士さんにしろミス・ハットンと話す前に、キャロルさん、あんたと二人だけで話がしたいんだが」それから彼はヘレンを見て、「少しのあいだ、おたくの応接間をお借りできますか、ミセス・ブレーク」と言った。

「え、ええ、もちろんよ」ヘレンは少しばかりきょとんとした顔で答えた。

ついにこのときが来てしまった。わたしはおろおろするばかりだった。こうなってしまっては、わたしには止めるすべがない！

だが、リン・テンプルトンを見くびってはいけなかった。ノーランとキャロル・ブランドンが応接間の扉へ向かおうとすると、彼は二人の横にぴったりくっついて歩調を合わせた。

「ミセス・ブランドンの弁護士として、わたくしも同行させていただきます」彼は穏やかに微笑んだ。「このかたが最大の利益を得られるよう助言するのが、わたくしの務めですから」

ノーランは足を止め、太い眉毛を寄せた。

「ミセス・ブランドンとの話は、いや、非常に込み入った内容でしてね」彼はぴしゃりと返した。

「お察しします」テンプルトンは、なお笑みを湛《たた》えていた。「だからこそ弁護士の助言が必要なのです」

キャロル・ブランドンは一方の男からもう一方の男へとおどおどと視線を移した。自分の最大の利益はどちらにあるのか、いかにもわかっていない様子だった。ところが、彼女が決めかねているあいだに、四回目の玄関の呼び鈴が鳴った（これはお決まりの演出になりそうな予感だ。ラジオ番組にこういうコメディがある）。

たまたま玄関の一番近くにいたノーランが扉をぐいと開けた。かと思うと、一歩後ずさりした。トリローニーとブーン巡査部長が立っていたのだ。わたしの知るかぎり彼は二人のどちらとも面識はないはずだったが、巡査部長の胸に燦然《さんぜん》と輝くバッジを見て少なくとも何かしら思うところがあったにちがいない。

「グレゴリー・ノーランさんですな」ブーン巡査部長は鋭い口調で言いながら、突進する大型輸送トラックよろしくドシドシと玄関広間に入ってきた。「おたくさんの使用人がここに向かったと教えてくれましてな。さっそくだが——」

「ちょっと待ってください、巡査部長」ただならぬ雰囲気を瞬時に察知したらしく、トリローニーが割って入った。彼はまずヘレンに、そのあと残りの面々にこくりと会釈すると、テンプルトン弁護士のほうを向いた。

「フラッグの遺産問題を解決する妥協案について、ミセス・ブランドンはミス・ハットンと話をしたのかい？　リン」彼は訊ねた。

「いや、まだだ」この難局から折よく救われ、テンプルトンはありがたそうな顔をした。「今ちょうど——」

だが、テンプルトンを遮ったのはケイト・ハットンだった。

「妥協案？」と彼女はトリローニーの言葉をくり返したが、その声は笑っているようにも鼻を鳴らしているようにも聞こえた。「あたくし、妥協なんぞするつもりはございませんわよ、テンプルトン弁護士。ミセス・ブランドンとも誰とも」

そのあと彼女は、この人たちまるで石の下から這い出てきた虫ケラね、あたくしは関わりたくありませんから石の下に戻るがいいわとでも言いたそうな一瞥をくれると、身を翻し階段を上っていった。

ノーランは肩をすくめた。

「さて、紳士淑女のみなさまがた、どうやら解決したのではないでしょうか」期せずしてまたもや場を切り抜けられたと思ったのか、テンプルトンを流し目で見ながら彼はしたり顔で言った。「さて、テンプルトン弁護士、ご自身の依頼主を裏切るような職業倫理に悖《もと》る試みはもう諦めたということでしたら、この女性と話をさせていただけませんかね」

テンプルトンは怒りで顔を紅潮させた。だが、言い返そうとする彼に先んじて口を開いたのはブーン巡査部長だった。

「話をさせるということでしたら」彼は歯ぎしりしながら「次はあ、た、し、の番ですぞ」と言い、ノーランのほうにさっと向き直った。

「グレゴリー・ノーラン、一昨日の晩のジョン・ブランドン殺害の容疑で逮捕する」

後にも先にも、人間の表情と態度がここまで瞬時に一変するのは見たことがない。濡れた海綿でさっとひと拭きしたように流し目の薄笑いは消え失せ、ノーランの顔にすがるような湿っぽい表情が広がった。ありもしないものをつかもうとしているのか両手は力なく握ったり開いたりしていたが、やがて声が出てきた。

「一昨日の晩！」やっと出てきた声で、彼は巡査部長の言葉をくり返した。「これは驚いた。正気ですか！　ジョン・ブランドンは一一カ月も前に溺れ死にましたよ」

「残念ながら、はったりを利かせて騙《だま》そうとしても無駄ですよ、ミスター・ノーラン」トリローニーが割って入り、低い声で言った。「ミセス・ブランドンがすでに、自分の夫は溺れ死んでいないとわれわれに明かしてくれました。さらに、先ほど言ったとおり、ジョン・ブランドンは一昨日の晩に、あなたの霊廟で射殺されたこともわかっています。そして、その晩のうちにあなたは死体をウィンストン・フラッグの名が刻まれた墓に埋めた。昨晩、われわれはもともと埋葬されていた遺体を掘り起こしに行きましてね、そこで発見したんです」

ノーランは顔面蒼白になった。

「それは違う！」彼は反論した。「ジョン・ブランドンのことなど知るものか」

だが、抵抗しても無駄だとわかっているのか、その声は弱々しかった。

「もし、知らないなら」トリローニーは問いただした。「ブランドンが撃たれた時刻にあなたが家を不在にしていた事実はどう説明するんですか。発砲のあった時間と場所を証言してくれる証人もいるんですよ、ミスター・ノーラン。あなたの使用人たちも、あなたが霊廟に行くと言ってその数分前に家を出て、真夜中過ぎまで戻ってこなかったと話してくれました。その時間帯に何をしていたのか説明できないかぎり、ブーン巡査部長があなたを逮捕し検察側の証人が召喚されるのはやむを得ません」

グレゴリー・ノーランは観念したようだった。

「いいでしょう」彼は降参するような仕草を短く見せた。「ジョン・ブランドンとされていた男の死体をウィンストン・フラッグの墓に埋めましたよ。なぜなら、僕の霊廟であんなものが発見されたら、僕に殺人容疑がかかりますからねえ。だが、僕は殺《や》っちゃいない。誓います。僕がやったことといえば、あの男を匿《かくま》ってやると約束しただけだ。あの男が……あの男がある目的を達成させるまでね。いったい誰が、どういう理由であの男を殺したのかなんて、僕の知るところじゃありませんよ」

二階で人の動く気配がした。おそらくケイト・ハットンが書斎で聞き耳を立てているのだろう。ブランドンの正体をめぐる真相の見当はついているのだろうか。もし、ついているとしたら……。

だが、わたしが憶測を巡らせていると、ブーン巡査部長の声が邪魔をした。

「ある目的を達成？」彼はノーランの最後から二番目のセリフに飛びつき、聞き返した。「いったいどんな目的でしょうかな」

ノーランは苛立ったような視線を巡査部長に放ったあと、再びトリローニーのほうを向いた。

「何もかも最初からお話ししたほうがよさそうだ」彼は言った。「ここにいる人に証明してもらえる内容もいくつかありますからね。僕が真実を語っているとあなたがたにも納得してもらえるでしょう」

「悪くないですね」トリローニーとしても異存はなかった。一方で巡査部長は、「おもしろい話であってほしいものだ――とびきり、ね」とぶつぶつ言った。

そういうわけで、話すことを許されたグレゴリー・ノーランは役者魂に火が点いたようだった。その場を切り抜けられたわけではなかったが、少なくともその場の主役になった。この役者はこれから、熱心に耳を傾ける観客を前に極めて重要なセリフを披露する。そしていかにも役者らしく、自分の役にのめり込んだ。

彼は長く白い指を、額から長めの髪の中へと滑らせた。豊かな髪は掻き上げられ、念入りに整えられた。そのあと、意識してゆっくりと階段の上り口のところに置かれた椅子まで歩を進め、腰を下ろすと、両手を肘かけに載せ、彫刻が施された丈の高い背もたれに頭をもたせかけた。午後の陽の光が二階の書斎の開け放たれた扉の向こうから階段の傾斜に沿って射し込み、まるでスポットライトのように彼を照らしていた。この場面設定に、彼が気づいていないことがあろうか。劇場の舞台さながらの効果を狙っているのではないかと思わずにはいられなかった。

彼は、わたしたちがそれぞれの場所に落ち着くのを待った――ヘレンとアルシーアは階段の最下段に、キャロル・ブランドンは本棚の前にあった足載せ台に腰を下ろし、テンプルトン弁護士は彼女の横に、トリローニーと巡査部長とわたしは玄関広間に散らばるように立った。やがて、彼は口を開いた。

「事の発端は」入念に舞台用の声音をつくっていた。「一年と少し前、ウィンストン・フラッグが突如、再婚を決めたことだった。フラッグはロマンチストでありながら猜疑心の強い、風変わりな男だった。そういうわけだろう、求婚相手の女に自分が大富豪であることは明かさなかった。安給料の惨めな雇われ人にすぎないふりをしたのだ。結婚してその女をこの屋敷に花嫁として迎え入れて初めて、本当の身分を明かそうと考えていた。実に子どもじみた思いつきではないか。だが、あの男を知っていれば、なんの不思議もない。

あの男は僕に手紙をよこし、自分の計画を伝えるとともに、この屋敷を住めるように整えておいてほしいと頼んできた。だが、やがて手にする幸せをどうしても羨《うらや》ましがらせたい相手がもう一人いた。あの男の最初の妻だ。これがすべてのまちがいだった」

役者は話を続ける前に、最後に発したひと言を印象づけるかのように、ここでひと呼吸置いた。同時に階段で足音がした気がして、わたしは目を上げた。自分が話に出てきたのを聞いたケイト・ハットンがこの輪の中に入ることにしたのかなと思ったが、そうではなかった。階段を下りようとしていたのはモートン先生だった。片方の手で往診用のカバンを持ち、もう片方の手を手すりに乗せ、これより先に下りて舞台の進行を妨げるのは躊躇《ためら》われるとでもいうように階段の中ほどで足を止めていた。

グレゴリー・ノーランはかまわず話を続けた。

「別居して以来、ウィンストン・フラッグは最初の妻に生活費を払い続けていた。裁判所の決める離婚扶養料ではなく――ミセス・フラッグはパリで離婚手続きを進めていた――別居前に二人で決めた金額を払っていた。フラッグの再婚がこの約束に支障をきたすとあの女が思ったのかどうかは、あの女のみが知るところだ。だが、それはどうあれ、あの女はすぐさまフラッグに手紙を送り、パリでの離婚手続きは完了していない、再婚するなら重婚罪で訴えると脅しをかけてきた。

すでにみなさまがたにご理解願おうとしたように、フラッグは無分別なことを衝動でしてしまう男だった。離婚が成立していない証拠を出せと妻に言うでもなく、妙ちきりんな、しかし、実にあの男らしい謀《はかりごと》を巡らして、永遠に妻とおさらばすると同時に再婚に突き進もうとした。自分は死んだとおおやけに知らしめることにしたのだ。

あの男は地元の病院を訪ねてまわり、施療院に入院中の一人の男を見つけた。年のころとおおかたの風貌が自分に似た、余命数カ月の男だった。フラッグはこの赤貧の男に、ある提案をもちかけた。生きながらえているあいだは養って贅沢な暮らしをさせてやる、その代わり死ぬときはウィンストン・フラッグの名で、最終的にウィンストン・フラッグとして墓に入ってくれというものだった。そして、自分の死亡届が受理されれば、晴れて再婚できるとフラッグは考えた」

まさしくその日の朝にトリローニーがほのめかしていたとおりだったので、わたしは息を呑んだ。思いもよらぬ展開に驚いたのだろうと勘違いしたノーランは、気味の悪い笑みを浮かべた。

「この話が信じられないとおっしゃるなら」彼はわたしたちみなに語りかけていたのだが、とりわけトリローニーとブーン巡査部長に訴えた。「オクラホマシティの病院当局に問い合わせてみるといい。フラッグが施療院から出し、東部に連れてきた男の名がわかるだろう」

「それについては確認済みです、ミスター・ノーラン」トリローニーは言った。「話を続けてください」

そう言われてノーランはわずかにギョッとしたようだったが、すぐに独演会に戻った。

「二人でこの屋敷に到着すると、フラッグ――本物のフラッグのことだ――は医者のモートンを呼び、連れてきた男を診察させた。こうして、彼はこの男をウィンストン・フラッグに仕立てていった。そして遺言状を書き、僕と使用人の一人に証人として署名させた。彼は相続人に〝秘書であり介助人〟――つまり自分自身――を指定した。こうしておけば、ウィンストン・フラッグの死亡が正式に認められたあとも自分の財産は確実に手元に残る。準備は整い、あとはのんびり偽《にせ》フラッグの死を待つだけだった。

ところが、あの男は人間の心の弱さというものを勘定に入れていなかった。病がいよいよ最終段階を迎えると、偽フラッグはそれに伴う痛みと苦しみに耐えられなくなった。そしてある晩、そこの壁に掛けてあった二丁の決闘用ピストルのうちの手前にあったほうで自らを撃った」

ノーランはここで口をつぐみ、たっぷり時間をかけて、壁に掛けられたままだった残りの一丁のピストルを大袈裟な身ぶりで指し示した。銃身に施された銀メッキの上で、陽光が小さな点を成し無機質にチラチラと光っていた。話が再び始まった。

「第一発見者はほかでもないフラッグだった。彼は無意識に、あるいは、それがあとからどんな大きな意味をもつかも考えず、死体の手から落ちたピストルを拾い上げた。ピストルを手にしたまま立ち尽くしていると、やはり銃声を聞きつけた使用人たちが走り込んできた。彼らの下した結論は言わずもがな。料理番の女が闇夜の中に駆け出してゆきウィンストン・フラッグが秘書に殺されたと叫ぶのを聞くまでもなく」

　独演が山場に近づくにつれノーランは椅子の上で少しずつ前のめりになっていったが、ここで、あたかも動きの激しい場面から激しい心理的葛藤の場面へと舞台が移り替わるのを示すように、再び椅子の背にもたれた。

「紳士淑女のみなさまがた、ご想像いただきたい」声の調子を落とし、彼は続けた。「ウィンストン・フラッグの陥った窮地を。自分自身を殺した罪に問われることになったのです！　彼にとっては状況証拠が不利だったばかりでなく、遺言状が提示されれば殺意までもが成り立ってしまう。たとえ真実を話したとしても、無罪の立証はできないかもしれない。偽フラッグが死ぬのを待ちくたびれたフラッグが先を急ぐあまり彼の殺害に走ったとみなされるのはほぼまちがいないだろう。偽フラッグの死が皮肉で悲惨な現実――すなわち自殺――どおりに受け止めてもらえるのを願うしかない。そうして冷静に考える余裕もないままに、フラッグは逃亡した。ウィンストン・フラッグが秘書のジョン・ブランドンに殺されたとみなされて当然の状況のまま」

　独演が後半になるとキャロル・ブランドンは足載せ台の縁《へり》を両手でぎゅっと握り、見開いた目でノーランの顔を食い入るように見つめていたが、ここで、もはや黙っていられないと口を開いた。

「そんなの嘘です！」感情を押し殺そうとするあまり声を震わせ、彼女は言い放った。「この人は自分が人殺しの犯人にされないように話をつくっているんだわ。自殺は事実です。けど、自分で自分を撃ったのはウィンストン・フラッグよ。わたしの夫が撃ったんじゃないのだってわかっています。なぜって騒ぎのあと、わたしは実際にジョンと会って結婚したんですから。そして今度は、この人がわたしの夫を殺したのよ。きっとジョンの無実が証明されたら、この人、グレゴリー・ノーランは、最初のウィンストン・フラッグの自殺を他殺に見せかけようとした共謀罪で逮捕されるのを恐れたんだわ。いえ、もしかしたら、自分がフラッグ殺しの犯人に疑われるのを恐れたのかもしれない！」

なるほど！　二日前の夜にノーランがフラッグを殺した動機はこれか！　一年前のフラッグ殺しの犯人に疑われるのを恐れてという部分は、もちろんまったくまちがっているけれども。なぜならフラッグはそのとき殺されていないのだから。けれども、自殺したのはまた別の男、つまりロバート・ティールだったと証明されたら、あるいはフラッグが最終的に姿を現して真実を話してしまったら、ノーランが悪事の片棒を担いでいたのが表沙汰になってしまうのは避けられない。そうなれば彼の面目は失墜し、役者としての経歴が台無しになるのはまちがいないだろう。彼にとっては致命的だ。

だが、それだけの動機でこの男は人を殺すのだろうか。わたしはそこに座る男を見つめた。頭をのけぞらせ、目は半開きで、自分の悪事を白状するときでさえ気取っている自惚れ屋の男を。そして、そういうこともあるかもねと結論した。

ここでノーランは再び口を開き、キャロル・ブランドンからの攻撃に応戦した。

「ちょっと待ってくださいよ、ミセス・ブランドン」彼は声を低くして言った。「あんたはちっともわかっちゃいないようだ。あんた、あの夜、自殺したのが自分の亭主ってことはないだろ。なんせ、あんたの亭主は――」

彼のセリフはここで終わった。その瞬間、銃声がしたのだ！　グレゴリー・ノーランの体はこわばり、そして椅子の中でがくりと傾いた。同時に、ギラギラした赤い雫《しずく》がまるで手品のように左のこめかみに現れたかと思うと、美しい深紅の涙のごとく頬を伝ってゆっくりと流れ落ちてゆくではないか！

第一七章　幽霊の仕業?

五秒ほどのあいだ、玄関広間では口を利く者もいなければ動く者もいないように思われた。すると今度は、みないっせいに、いきなりしゃべりだし、牛の群れのようにうろつき始めた。

やがて、ブーン巡査部長が誰よりも大きな声で呼びかけた。

「お静かに、みなさん!」彼は権力者然として吠えた。「誰もこの場所を離れてはなりません。撃った犯人を調べますからな」

階段の途中にいたモートン先生が下りてきた。

「事故ということでしたら」彼は口を開いた。「お役に立てるかもしれません。わたしは医者ですから」

巡査部長は訝《いぶか》しむような目で、ぐるりと彼のほうを向いた。彼がいるのに初めて気づいたのだった。

「おや、おたくさんはいったい」厳しい口調で巡査部長は訊ねた。「どうやってここに入ってきたんですかな」

モートン先生は、先ほどからこの屋敷にいたことを説明した。

「それでは、ミスター・ノーランを調べさせていただけますか」とモートン先生は再び切り出したが、巡査部長はそれをさせなかった。

「焦らんでよろしい」巡査部長はぴしゃりと言った。「ノーランは頭部を左側から撃たれておる。左側にいたのは、そこのご婦人がた二人と、そして、おたくさんだ」

モートン先生は最初はぽかんとしていたが、そのうちに怒りで顔を真っ赤にした。

「わたしがその人を撃ったと疑うなら」彼は言った。「あなたは頭がどうかしている。わたしは拳銃など持っていません」

「ほう、そうですか」巡査部長はモートン先生の言うことなど意に介する様子もなく返した。「ならば、おたくさんの握ってるその小さなカバンの中を拝見させていただきましょうか」

「待ってください、巡査部長」割って入ったのはトリローニーだった。「モートン先生は嘘をついていません。ノーランを殺した凶器は、あれです」

トリローニーは階段の上り口の壁に掛かっていた決闘用ピストルを指差した。ツンとした臭《にお》いの青味がかった煙がうっすらと、まだその上を漂っており、ゆっくりと宙に消えつつあった。

わたしたちはみな、呆《ほう》けた顔でピストルを見つめた。すると、おそらく全員が心の中で思っていたことを、ヘレンが声に出して言った。

「でも」狂乱気味にヘレンは反論した。「誰が触ったって言うんですの！　誰にも触れるはずないでしょ！」

ヘレンの言うとおりだった。弾が飛び出たとき、玄関広間では、ピストルから一〇フィート（約三メートル）以内には誰もいなかったのだ！

巡査部長が手の甲で顎《あご》を擦《こす》った。

「いやはや！」納得のいかなそうな口ぶりだった。「弾が勝手に出ることはありますまい」そのあと巡査部長は「どなたか発砲の瞬間を目撃した人はおられませんか」とみなに問いかけ、モートン先生の顔を見て「おたくさんはどうです？」と訊ねたが、このときは先生を疑っている様子はなかった。

「誰よりもよく見える場所にいたのでは？」

しかし、モートン先生は首を横に振った。

「いいえ」と、彼は言った。「わたしはミスター・ノーランを見ていましたから。ピストルは視界にさえ入っていませんでした」

するど、アルシーアが何か思いついたようだった。

「もしかしたら」彼女は恐る恐る意見した。「弾が飛び出したときはあそこに掛かってなくて、あとから戻されたのかも。わたしたちみんな少しのあいだ、この広間の中を速足でグルグル回ってましたよね。そのときに……ええと、あそこに戻したのかも」最後は力なく言葉を結んだ。

だが、それを否定したのはわたしだった。

「違うよ」わたしは言った。「あれはずっとあそこにあった。ミスター・ノーランが話の途中で一度、あれを指差したのを憶えてるもの」

「たしかにそうですね」テンプルトン弁護士も同意した。「わたしも、あそこに目を遣ったのを憶えています」そのあと、まさにトリローニーとの長いつき合いの影響にちがいない、こんなことをつけ加えた。「それに、別の位置から発砲され、そののちあそこへ戻されたのなら、火薬の煙は実際に発砲のあった場所に残るのではないでしょうか」

巡査部長がそれについて意見しようとすると、二階の廊下から騒々しい音が聞こえてきた。パジャマの上から取り急ぎガウンを引っかけたビル・ブレークがケイト・ハットンに支えられ、片足を引きずりながら階段を下りかけていた。

「まったく何の騒ぎですか」ビルは声を張りあげた。「ケガ人がベッドの上で起き上がって叫んでるっていうのに、誰一人――」と、ここで彼の目に、ノーランの姿が飛び込んだ。

「これはいったい！」彼は絶叫したが、いきなり鼻風邪を引いたような声になっていた。「誰がこんなことを」

「わからないんです、ミスター・ブレーク」トリローニーが答えた。凶器のピストルを指し示してから、口を開くのは初めてだった。「ですから、あなたかミス・ハットンの力をお借りしたい。少し前、お二人はそれぞれこの玄関広間を見下ろせる位置にいましたか」

「いいえ」と、ビルは答えた。「わたしは扉を開けっ放しにして自分の寝室にいましたが、見えていたのは階段の吹き抜けの一部分だけでした。モートン先生が立っていたあたりまでです」

トリローニーはケイト・ハットンのほうを向いた。

「あなたはどうですか、ミス・ハットン」

「あたくしは階段を上ったところの書斎にいました。モートン先生が階段を下り始めるまでは、そちらが見下ろせていました。そのあとは先生の体で何も見えなくなりました」

「であれば、ここまで見下ろせていたあいだ」と、巡査部長が割って入った。「誰かが銃のほうへ移動するのに気づきませんでしたかな」

彼女は力いっぱい首を横に振った。

「いいえ。ミスター・ノーラン以外にピストルのそばにいたのはミセス・ブレークとミセス・レイバーンだけですわ。お二人とも座っていましたから、そこまで手が届くはずはありません」

誰にとってもわかるのはそこまでだった。殺人捜査課の人たちがやってきてあちこち写真を撮ったり計測したりしたあとでさえ、屋敷内部の人間がピストルに触れるのは物理的に不可能と証明されたにすぎなかった。一方で、触れずに弾が飛び出した理由も解明できなかった。何かしらの振動で暴発したわけでもなかった。というのは、その旧式の銃は撃鉄が起きたままだったのだ。ケイト・ハットンの見た幽霊然り、二日前の消えた死体然り、この事件もまた、瞬く間に怪談じみてきた。だが今回は、何をどう考えても説明がつかないように思えたのでますます気味が悪かった。

ブーン巡査部長の指示のもと、玄関広間では殺人捜査課の人たちが白墨で線を引いたり巻き尺を当てたりとせっせと作業を続けていたので、わたしはふらりと応接間へ入っていった。するとそこにはトリローニーとテンプルトンがいて、一人は落ち着きのない速足で行ったり来たりし、もう一人は人間の顔がそこまでなるかというくらい無表情でぼうっとそれを見つめていた。

「さて」わたしは努めて陽気に言った。「誰の仕業？　そして方法は？」

トリローニーは足を止め、真っ赤な髪を掻き上げた。

「わかれば苦労しないさ！」熱を帯びた口調で彼は言った。「ピーター・パイパー、こんなことは言いたくないが、今回の件はどの方面から攻めても壁に突き当たる。起こるはずのないことが起こった。屈辱的なのは僕の鼻先で起こったことだ」

俗に言う探偵小説を書く者として何か力になれないかと、わたしは推論方法について知っていることや知っているつもりのことを思い返してみた。そしてようやく、足がかりと言えそうなものにたどりついた。

「わたしの理解では」わたしは明るい声で言った。「罪を犯す人には二つのことが付きものでしょ。

つまり、機会と動機。機会については埒《らち》が明きそうにないから、動機を考えてみたらどう?」

トリローニーはこの足がかりを熟考するかのように、思案顔をわたしに向けた。

「もう少し掘り下げて説明してくれないか」彼は言った。

「そうね」わたしは手探りで進むように、ゆっくりと話し始めた。「グレゴリー・ノーランが口封じのために殺されたのは明らか。だったら撃たれたとき、彼は何を言おうとしていた? ウィンストン・フラッグ殺しの犯人の正体ではない。だって、誰がフラッグを殺したのか知らないって、その前に言っていたものね。弾が飛び出した瞬間、彼がどんなことを話していたか考えてみて。ミセス・ブランドンに向かって『あんたの亭主は――』って言って、殺された。でも、あんたの亭主とウィンストン・フラッグは同一人物だってことを言おうとしたのは明白でしょ。だから彼を撃ったのは、その情報を伏せておくことで得する人物にちがいない」

「そうでしょうがね」リン・テンプルトンが口を挟んだ。「それは誰です? ミセス・ブランドンということはない。彼女が得をするのはその逆の場合ですからね。彼女の結婚相手はフラッグだったと証明されれば、フラッグの未亡人として遺産請求ができる。しかし、彼女はまったく知らなかった――」

「それよ!」わたしは勢い込んで、彼が言い終わらぬうちに叫んだ。彼の話を聞いて閃《ひらめ》いたのだ。「彼女は知らなかった! ブランドンとフラッグは別人だと思ってた。だからブランドンの未亡人として遺産を受け取るには、フラッグが先に死んでることが証明されなければならないと思った。ブランドンが先に死んじゃってたら、ブランドンはフラッグから相続できないものね」

「でも君は今、二人は同一人物だと言おうとしたからノーランは殺されたと言ってたんじゃないかい」トリローニーが意地悪そうな顔で意見した。

「それが彼の言おうとしたことだって、わたしたちはわかってるけど」わたしは恥ずかしげもなく意見を変えた。「たった今テンプルトンさんが指摘したとおり、彼女は知らなかった。たとえば、フラッグはまだ生きているとノーランが言おうとしたんだと、彼女が思ったとしましょう。ブランドンは二日前にフラッグに殺されたって言おうとしたと思った可能性だってある。フラッグがブランドンなのを知らない彼女は、フラッグが本当に死んでいるのかどうかも知らないはずでしょ。つまり、もしフラッグが死んでいないとなれば、ブランドン経由でフラッグの遺産も受け取れない」

「ということは」トリローニーは質問した。「ノーランは、まさにキャロル・ブランドンが言った理由でフラッグを殺し、事実を知らない彼女は自分の利益を守るためにノーランを殺したと言いたいのかい?」

「そう」わたしは力強く頷《うなず》いた。「ノーランが証明できないようにしてしまえば、一年前にこの場所で自殺したのはフラッグだったことにできる可能性は残る。そういうことにできれば、彼女はフラッグの大金を相続できる」

トリローニーは顔をしかめた。

「悪いがピーター、君は、自分の知っている事実を自分の仮説に当てはめてる。仮説は事実に基づいて組み立てていかないと。まず、キャロル・ブランドンはノーランが何を言おうとしたと思ったのか、僕たちは知らない。次に、一年前のフラッグの死のでっち上げに荷担したことが表沙汰にならないようノーランがフラッグを殺したという前提は、ミセス・ブランドンが言いだした仮説にすぎない」

「そのとおり!」わたしは勝ち誇ったように叫んだ。「ミセス・ブランドンが言いだしたの! あなたは心理学者だからわかってるはず。人は自分と似た境遇に置かれた他人の行動を見て、それに倣って行動しがちになるものでしょ。だから、死んだとされたあともフラッグが生きていた事実が表沙汰になってほしくなかったミセス・ブランドンも、そうならないためならなんでもしたと言えるんじゃないかな」

するとここで、テンプルトンが自分の意見を投げ込んできた。

「しかし、フラッグが数日前の夜まで生きていた事実は立証可能でしょう」と、彼は反論した。「それに、あの最後の遺言状があるんですよ、ミス・パイパー。いずれにせよ、ほかに何が証明されようがされまいが、あの遺言状がある今、相続人はミセス・ブランドンです」

だが、わたしは彼を黙らせた。

「ミセス・ブランドンは、あの最後の遺言状のことは何も知らないんですよね」わたしは得意満面で言い返した。「わたしたち以外、誰も知らないでしょ」

少し前からトリローニーはまたもや速足で行ったり来たりし始めていたが、話題が遺言状に及ぶと、足を止め、ぼんやり宙を見つめた。そして、わたしが最後のひと言を終えたと同時に、いきなり光が見えたかのようにぐるりとこちらを向いた。

「ピーター、大当たりだ!」興奮を抑えきれずに彼は叫んだ。「それがすべての答えだ! それが動機だよ」

テンプルトンがわずかに苛立ちの表情を見せた。最初からこんなことに関わりたくなかったと思い始めているようだった。

「だがね」彼は食ってかかった。「あの最後の遺言状から何がわかるっていうんだ。誰も中身を知らないのに」

トリローニーはテンプルトンに向かってニヤリとすると、「まさに、そこがカギなんだよ」と答えた。

テンプルトンは不快そうな顔をしたが、わたしはそれを責めようと思わない。わたしも頭の中をメリーゴーランドのように回転させていたので、少々目眩《めまい》を覚え始めていた。

「頼むよ、テッド」テンプルトンは言った。「常にとは言わないから、もっと噛み砕いて説明してくれないか。君はウィンストン・フラッグとグレゴリー・ノーランを殺した犯人がついにわかったと言いたいのかい?」

「目星はついた」トリローニーは隠さなかった。「だが、二つ目の殺人を成功させた方法が明らかにできないかぎり、立証は不可能だ。〝犯人を捕らえる前に手口を見抜け〟の典型的な例だな。さあ、見抜くぞ」

そしてテンプルトンとわたしが呼び止める間もなく、トリローニーは応接間から走って出ていった。残されたわたしたちはなすすべもなく互いを見つめた。

「はてさて」テンプルトンが問いかけた。「あの男は何を言わんとしていたんですかね?」

「あなたが考えてよ」わたしは言った。「あなたのほうが、あの人とのつき合いは長いんでしょ」

「学生時代からのつき合いですが」彼は返した。「あんな調子のときは、何を言っているのか考えるのをやめることにしてるんです」

第一八章　気になる虫眼鏡

次の日、ビル・ブレークがようやくベッドから出てきた。それを祝して、彼はウィンストン・フラッグの検死審問へ出かけることにした。この件で呼び出されたのはケイト・ハットンとわたしだけで、彼が証言できることは何もなかったのだが、わたしたち二人と、ついてきたヘレンとアルシーアがさらなる災難に巻き込まれないよう目を光らせるのが目的だったのだと思う。女性の自己防衛能力について、ビルは日ごろから認識が少々甘い。だがこの数日で、世間で思われているほどではないと感じたのではないだろうか。

検死審問は多かれ少なかれ形式どおりのものになるだろうとトリローニーから前もって言われていたが、まったくそのとおりだった。ミステリ小説執筆にあたっての参考にするため、この手の審問は以前に傍聴した経験があったので、手順にもほとんど関心はなかった。そういうわけで、銃声を耳にしたこと、死体を見つけたことを証言し終えて席に戻ったわたしは、グレゴリー・ノーランの死をめぐる、いまだ謎に満ちた状況についてひたすら憶測を巡らすことにした。

犯人を捕らえる前に手口を見抜けというトリローニーの言葉が、くり返し頭の中に湧いてきた。だが、そこから先へ進める気がしなかった。審問が始まる直前、トリローニーもこれまでのところわたしと同じ状況だと吐露していた。屋敷にいた人間がピストルに触ることはありえない。だが同様に、ピストルが勝手に弾を放つのもありえないだろう。しかし、これら二つのうちのどちらかが起こったにちがいない。あのピストルから弾が放たれたのはほぼ確実なのだから。だとしても、屋敷の中にいた誰かの仕業のはずはない……。そういうわけで頭の中は堂々巡りで、わたしは追いかけても追いかけても自分のしっぽに近づくことのできない犬の気分だった。

〝二つのうちのどちらかが起こったにちがいない〟の堂々巡りが二〇〇回ほどくり返された、ちょうどそのときだった。脳みその中で何かのスイッチがカチッと入り、思考の列車が側線のほうへ逸れていった。二つのうちのどちらかが起こったにちがいないのなら、二つのうちのどちらかが起こったのだ。どちらなのか決めればいいだけの話ではないか。ここまでは至極単純。ならば、そこから先に進んでみよう。

まず、誰もピストルを触っていないと言いきれるだろうか。あのときの全員の位置を、もう一度思い返してみた。ヘレンとアルシーアは階段の最下段に腰を下ろしていた。キャロル・ブランドンは本棚の前の足載せ台に腰かけ、テンプルトン弁護士はその隣に立っていた。トリローニーとブーン巡査部長は玄関広間の真ん中でノーランと向かい合って立っていた。最後にモートン先生は、階段を下りようとしてその中央付近で立ち止まっていた。二階に目を向けると、ビル・ブレークは自分の寝室に、ケイト・ハットンは書斎にいた。互いに互いの視界には入っていなかったが、どちらかが部屋を出て階段を忍び下りたとすれば、必ずやもう一方が気づくはずだ。気づかなかったとしても、階段の中ほどにいるモートン先生や、一番下にいるヘレンとアルシーアの横を通らないわけにはいかない。そういうわけで、想像をどこまで大胆に広げてみても、誰かがピストルを握って引き金を引くのはありえなかった。

ということは、どうにも信じがたく思えるが、あの代物は触れられることなく弾を放ったにちがいない。だが、くり返しになるが、いったいどんなふうに？　目に見えない紐《ひも》を引き金に巻きつけておいて、目的が達成されたあと、紐が引き金からはずれたところで手元にたぐりよせ処分した？　だが、それをするには予め準備が必要だったはずだ。ノーランが〈幽霊の館〉にやってくることなど、前もって知っていた人間はわたしたちの中にはいなかった。ましてや、あんな暴露話をするなんて。

今度は、銃の機械的な仕組みについて突っ込んで考えてみることにした。しかし、そもそも特に機械に強いわけではないので、たいしたことは思いつかなかった。途方に暮れたわたしは目をつむり、あの瞬間の様子を頭の中で再現した。グレゴリー・ノーランは背もたれの高い椅子に腰かけ、最期を迎えるまで芝居っ気たっぷりだった。一条の午後の陽の光が、二階の書斎の開け放たれた扉を通って階段の傾斜に沿って射し込み、あたかもスポットライトのように彼の姿を浮き上がらせていた。一方で、その上の影の部分にピストルが掛かっていて、斜めになった銃口が、不気味にも、彼の頭にぴったり照準を合わせていた。彼を除いた面々は腰を下ろしていたり立っていたりして、あたかも芝居に興じる観衆のようだった。階上の書斎ではケイト・ハットンが独り静かに、役者の披露する不可思議な物語に聴き入っていた。ビル・ブレークもまた自分の寝室で独り、開いた扉の向こうに耳を傾けていた……。

さて、ここに強力な手がかりは一つもなかったが、わたしは頭の中の事件現場をもう少しだけ見つめ、一心込めた念力でなんでもいいから捻《ひね》り出そうとした。すると突然、それが功を奏したのである。

あまりに勢いよく閃《ひらめ》いたものだから、おそらくギャッとかなんとか声が出てしまったにちがいない。何人かが振り向いてわたしを見た。ちょうど証言台に立っていたケイト・ハットンまでもが証言を中断し、目を丸くしてこちらに顔を向けた。検死官が憮然《ぶぜん》とした表情でちらりと目を上げ、〝静粛に〟とコツコツやる身ぶりをした。だが、そんなことにかまってはいられなかった。どのようにピストルから弾が飛び出したかだけでなく、飛び出させたにちがいない人物までわかったのだから。

わたしは腕時計に目を遣った。三時一〇分。グレゴリー・ノーランが殺された時間まで三〇分もない。わたしはアルシーアに小声で、審問の成り行きをちゃんと見ておいてねと言い残し、そっと席を抜け出して、脇の通路を扉に向かって歩きだした。急げばグレゴリー・ノーランが殺されたときとまったく同じ条件で、わたしの仮説が検証できる。

トリローニーが最終列の端の席にいた。わたしが横を通り過ぎると立ち上がり、わたしの隣で歩調を合わせてきた。

「火事はどこだって？」廊下に出るなり、彼は言った。

「古臭い冗談はやめて」わたしは彼を諭した。「昨日《きのう》の午後の幽霊が放った一発についてわかったの。〈幽霊の館〉に戻って、わたしの考えが当たってるかどうか試してくる」

トリローニーは衝撃の眼差しをわたしに向けた。

「やってくれるね！」彼は思わず大声を出した。「この忌ま忌ましい検死審問の僕の証言が終わるまで待っていてくれ。一緒に行こう」

だが、わたしは首を横に振った。

「待ってたら、実験に間に合わなくなっちゃう。わたし、ヨシュア（旧約聖書中の人物でイスラエル民族の指導者。「ヨシュア記」第一〇章第一二節から第一三節で、太陽をとどめたとされる）じゃないから、すぐに行かないと。それに」前日、トリローニーがテンプルトンとわたしに見せた癪《しゃく》に障る態度をできるかぎりまねて、つけ加えた。「裏づけとなる事実がないかぎり、仮説だけ組み立てても無駄だから」

わたしはくるりと向きを変え、廊下を突き進んだ。彼がぶつぶつ言うのが聞こえた。おそらくゲール語（ケルト語派の言語。アイルランド語など）だろう。その口調から察するに、冒瀆的なことを言っていたのはまちがいない。

市庁舎の外に出ると駐車場にビルの車が停めてあり、なんとも不注意なことに、前部の右側の窓が一〇インチ（約二五センチメートル）ほど開いていた。一瞬の迷いも一抹の良心の呵責もなく、わたしはその窓の隙間に腕を突っ込み、かろうじて届いたドアの内側の取っ手をぐいと押し下げた。そして車に乗り込むと、隠してあるのを以前から知っていた後部座席のクッションの下から合鍵の束を引っぱり出し、エンジンをかけ、元気いっぱいに出発した。ビルならきっと事情を察して、わたしが目的地に無事到着するまで車がなくなったと通報しないでいてくれるだろう。だが普通に考えれば、検死審問は少なくともあと一時間は終わらないはずだから、おそらく心配ない。

わたしは記録的な速さで〈幽霊の館〉に到着したが、ここで初めて、玄関扉に鍵がかかっているのに気がついた。ヘレンはかわいがっている日雇いのお手伝いさんに午後は休みをあげていて、わたしを中へ入れてくれる人はいなかった。だが、パイパー家の人間は、こんなことではへこたれない。

屋敷の正面の壁は見るからに頑丈そうな古い蔦《つた》の蔓《つる》でほぼ覆い尽くされていて、蔓はわたしの寝室の窓のところにも絡みついていた。そして、その窓は鍵がかかっていないばかりか、六インチ（約一五センチメートル）ほど持ち上がっていて、隙間に換気用の金属の網戸だけが下ろしてあった。さてさて、蔦の蔓をよじ登るのは至極簡単とは言えないが、できないことはないと踏んだ。

思ったとおり。やればできる、そして、できた。

這って窓から入り込み、床にドスンと飛び降りた。なんのことはない、両手が擦りむけ、スカートが破け、ストッキングから両膝が飛び出ただけの話だ。息を整えようと、まだしゃがみ込んでいる最中に、書斎の電話が鳴りだした。消えた自分の車を捜しているビルからかもしれないと電話に出ると、聞こえてきたのはトリローニーの声だった。

「このいたずら小僧め！」が第一声だった。「君を捕まえようと二分おきに電話してたんだぞ、まったくもう。で、虫眼鏡は見つかったかい？」

わたしは仰天して受話器を落としそうになった。

「どうしてわかったの？」語気強くわたしは言った。

「僕の頭が鈍かったと白状するよ」まじめな調子で彼は答えた。「だが、時間が重要だというようなことを君が言って、ヨシュアの名を出したとき、ようやくピンと来た。ヨシュアといえば、太陽を止めたことになっているからね。それはともかく、虫眼鏡は見つかったのかい？」

「いえ、まだ」とわたしは答え、それから目の前にある机の上に視線を走らせた。「あ、あった。手を伸ばせば届くところに」

「絶対に触るな！」厳しい命令口調でトリローニーは言った。「可能性はかなり低いだろうが、そいつに指紋が残っていないともかぎらない。残っていたとしたら、殺し屋はみごと捕まり、めでたしめでたしだ」

「指紋のことはまったく頭になかった」指紋が残っていたとしたら貴重な証拠の一部を台無しにするところだったと気づいてわたしは力なく言い、そのあと、こう訊いた。「犯人をわかってるの？」

「少し前からわかってた」彼は驚愕の答えを返してきた。「だが、昨日の一発がどうやって発射されたかを証明するまでは、ブーン巡査部長に逮捕してもらうことはできなかった。今から検死官に退出させてほしいと頼んでみるから、そうしたら、すぐにそこへ向かうよ。君を捕まえて指紋を損なっていないのを確かめるまでは、それができなかった」

彼は電話を切った。わたしは机の前の椅子に腰を下ろし、彼の到着を待つあいだ、今や極めて需要となったその虫眼鏡をネズミの巣穴を前にしたネコのように見つめた。

座って五分も経たないうちに、屋敷の前に車が停まるのが聞こえた。そして数秒後、玄関の呼び鈴が鳴った。わたしは跳び上がって扉を開けに行こうとした。が、そこで足を止めた。トリローニーがこんなに早く到着するはずがない。町の中心部から〈幽霊の館〉までは、少なくとも車でたっぷり二〇分はかかる。それはたしかだ。なぜって、まさにわたしがそうして来たのだから。扉の前の人物は彼以外の誰かにちがいない。まさか……。

突如、わたしは猛烈な恐怖にとらわれた。そういうわけで、何をどうしたらいいのかまったくわからなくなってしまった。そんな状態にならなければ、その人物が諦めて立ち去るか、トリローニーが到着するまで、ただじっと座って呼び鈴が鳴るままにしておいたものを。だが、わたしには不意の事態に対処するセンスがない。まず虫眼鏡を隠し、それから玄関に出ていくことしか頭に浮かばなかった。

半狂乱であたりを見回し、隠し場所を探した。タイプライター用紙の箱が机の角に置いてあった。わたしはそれを引っつかむと、入っていた用紙を引き出しの中にどさっと突っ込み、それから、虫眼鏡のレンズを囲む金属の縁《ふち》の内側に鉛筆の先を引っかけ、それを机の端まで引きずってくると、箱の中に入れた。

だが、安心するのはまだ早い。この箱をどこかに隠さなければ。書斎やわたしの寝室ではだめだ。

虫眼鏡を捜すとなれば、その人物はまず、これらの二つの部屋から手をつけるだろうから。もっと良い隠し場所はないものか。そうこうするうちに二回目の呼び鈴が鳴った。

わたしは箱を手に持ったまま廊下へ出た。半分ほど扉の開いている寝室が一つだけあった。目下抱えている問題の解決には、この部屋を使おう。わたしは部屋の中へ走り込み、寝室用タンスの引き出しをぐいと開け、詰め込まれていた何枚もの服のあいだの奥深くに箱を押し込んだ。それから、できるかぎり取り澄ました表情を瞬時につくり、呼び鈴に応えに向かった。今や呼び鈴は狂ったように鳴っていた。

正面扉を開けると、外の踏み段に立っていたのはケイト・ハットンだった。

「あら、あ、あなただったんですね」わたしは間の抜けた調子で言い、一歩脇に寄って彼女を入れた。彼女はまじまじとわたしの顔を見た――表情を探っているのはまちがいない。

「誰かが来るのを待っていたのかしら」彼女は言った。

「あ、いいえ」わたしはすかさず答え、それから、「だから……そう、誰が来たのかなと思って。知らない人をお迎えできるような、まともな格好じゃないから」とつけ加えた。

彼女の視線はわたしの泥だらけの顔から破けたスカートまでを舐めるように巡ったあと、顔に戻ってきた。

「いったいどうなさったの」鋭い調子で彼女は訊いてきた。

「家に鍵がかかってたから、よじ登って二階の窓から入らなくちゃならなくて」と、わたしは説明した。「ちゃんとした服に着替えようとしていたら、あなたの呼び鈴が聞こえたんです」

彼女はそれについては何も言わなかったが、わたしが踵を返し二階へ戻ろうとすると、黙って後ろからついてきた。

わたしは自分の寝室に入って扉を閉め、ひとまずほっとした。ケイト・ハットンがどこへ向かったのかはわからなかったが、そんなことはどうでもよかった。何はさておき、気を失う前に座る場所を探すので精いっぱいだった。

しどけない姿で長椅子の端にドサッと倒れ込んだそのとき、前触れもなくわたしの寝室の扉が開き、ケイト・ハットンが姿を見せた。

「ミス・パイパー」彼女は言った。「ミスター・ブレークの机の上にあった虫眼鏡はどうしたのかしら」

全身の血液が一滴残らず、みぞおちに流れ込んでいく気がした。同時に、心臓のあった場所がぽっかり空洞になったような妙な感覚に襲われた（心臓はわたしの左右どちらかの靴の中に隠れてしまっていた）。

「虫眼鏡？」わたしは聞き返したが、どうしてこんなすっとんきょうな声が出てしまうんだろうと思った。「どんな虫眼鏡ですか？」

彼女のじっと探るような視線がわたしの体を突き抜け、背中からまっすぐ出ていった。

「もう、わかってるのね」はっきりした口調で彼女は言った。質問ではない。事実を告げているのだ。とぼけても無駄だろう。

「ええ」返事は口を衝いて出てしまった。「わかっています」

わたしが何をわかっているのか、そして、何をわかっていると彼女は思っているのか。それは、わたしが、殺人犯と差し向かいでいる事実だった。

第一九章　「死んでいただきます」

ケイト・ハットンは部屋の中に入ってくると、後ろ手で扉を閉めた。

「どうしてわかったのかは知りませんけど」彼女は言った。「さっき、あなたが席を立って法廷から出ていった瞬間、あなたが真相に……気づいたのだと思ったのよ。でも、取り越し苦労かもしれないと浅はかな期待にもしがみついていましたけど。だから証言を終えたあと、もしかしたらまだ間に合うかもしれないと思って急いでここへ戻ってきたの。あたくしに疑いがかかる唯一の痕跡を消すためにね。そのときまで、すっかり頭から抜けていたのよ、あの虫眼鏡にあたくしの指紋が残っていることを。けれどもミスター・ブレークの車がこの外に停まっているのを見たとき、手遅れだったことがわかりました」

彼女はここで黙った。次に何を言おうか考えているようだった。それから再び口を開いた。

「ミス・パイパー、あたくしと取り引きしましょう。あの虫眼鏡をよこしなさい。指紋さえ拭き取ってしまえば、誰に何を疑われようと、あたくしに不利な証拠はなくなりますから。それと、このやりとりを誰にも言わないこと、そして虫眼鏡が怪しいという話になったら、そんなものには触ったこともないとはっきり言うこと、約束してくれるわね。約束してくれるなら、あなたに危害は加えないと誓いましょう。でも、いやなら……悪いわね、ミス・パイパー、死んでいただくわ」

このときまで彼女は右手をスカートのひだの中に隠していたのだが、話し終えると同時に見えるところに出してきた。その手には小型のリボルバーが握られていた!

リボルバーの先端の黒く小さな丸い穴を見つめるはめになったわたしは、彼女が躊躇なく引き金を引くつもりだと直感した。おとなしく虫眼鏡の場所を教えようとわたしは口を開いた――が、そこで動きを止めた。彼女が念願の虫眼鏡を手に入れたとしよう。絶対にわたしを撃たないと言いきれるだろうか。わたしが生きているかぎり彼女は危険にさらされる。わたしが証言すれば、たとえ虫眼鏡に指紋がついていなくても、逮捕はもちろん有罪宣告にも不足はない。ここではあんなふうに言っているが、口外しませんとわたしが誓ったところで信用するとは思えない。逆の立場だったら、わたしだって信用しない。

一方で、わたしが口を閉ざしているかぎり、ある程度までならわたしの身はそれなりに安全だ。虫眼鏡のありかを聞き出すまでは、彼女もわたしを殺しはしないだろう。一か八か時間稼ぎをしてみよう。

「ミス・ハットン」わたしは呼びかけ、「なるほど」と思わせる口ぶりになっていますようにと心の中で祈った。「わたしのほうから取り引きをもちかけるなんて筋違いなのはわかっています。でも、あなたが条件を出してきたように、わたしからもあなたに条件を出させてください。虫眼鏡の隠し場所を教えなくたってわたしを撃ちっこないと考えるほど、わたしもおバカさんじゃありません。でも、一方であなたも、わたしが教える可能性があるかぎり、わたしを撃つようなおバカさんじゃない。わたしを撃ってしまったら自分で虫眼鏡を見つけ出さなきゃなりませんからね。捜している最中にブレーク夫妻とミセス・レイバーンが検死審問から戻ってきて、あなたがこの家に独りでいるなか、わたしの死体が転がっているのを発見するでしょう。その後の展開は言うまでもありませんよね。では、わたしの条件を言います。

あなたの側の話を隠さずに教えてくれませんか。ウィンストン・フラッグと、それからグレゴリー・ノーランをどんなふうに撃ったのか、そして、どういう理由で撃ったのか。わたしは人間の心の動きにとても興味があるんです。あなたは単なる金欲しさでこんなことをしたのではないはず。もし金欲しさだけでないなら、そして、やり方はどうあれ、あなたの行為は正当だとわたしが感じたとしたなら、万が一あなたに容疑がかかったとき、こう証言してあげます。発砲の瞬間、階段を見上げたけど二階の廊下にあなたはいなかったって。これがわたしからの条件です」

いかにも拍子抜けの取り引きだ。わたしの魂胆は見抜かれてしまうだろうか。見抜かないわけはないだろう。

そのとき、彼女は腕時計にちらりと目を遣った。わたしが時間稼ぎをしているように、彼女はその逆の努力をしなければならない。この貴重な時間を、わたしとあれこれ言い合って無駄にしている場合ではない。だが一方で、先ほどわたしが言ったような状況を発見される危険を冒すわけにもいかないだろう。そういうわけで、彼女の表情がこわばっていくのがわかった。すると突然、彼女の心の中が手に取るように透けて見えた。まるで透視力でも授かったように。証言して助けてあげるとこの娘《こ》は言うけれど、そんな約束は信じられない。けれども、虫眼鏡を渡す約束は守るだろう。だから、ほんの短い時間で最低限のことだけ教えてあげよう。どこまで話そうが、この娘にはわかりゃしない。どうせ殺してしまうと決めたのだから口外することもない。

「あなた、変わった人ね、キャサリン・パイパーさん」初めて遭遇した奇妙な習性の動物でも見るように、彼女はしげしげとわたしを眺めた。「よろしくてよ。お望みどおり教えてさしあげるわ。あなたならきっと、誰にも言わないでいてくれるわよね」

彼女は近づいてくると、ベッドの端に腰を下ろした。だが、リボルバーはなお、わたしに狙いを定めていた。

「三日前の夜、この家を出たとき」彼女は話し始めた。「ウィンストン・フラッグがまだ生きていたなんて想像すらしていなかった。わたしはただ、グレゴリー・ノーランに会って洗いざらい話させようと思っただけだったの。必要とあらば、力ずくでね」彼女は一瞬、手にしたリボルバーに視線を落とした。わたしはその意味を理解した。

「あの遺言状のことを」彼女は続けた。「ちゃんと知りたかったのよ。ミスター・トリローニーの行動が解せなかったから、何か問題があるのかもしれないと思って。それで、グレゴリーが事情を知っているにちがいないと考えたの。そして正面玄関の扉を出ると、道の向こうの霊廟の中でぼんやり明かりが灯っているのが見えて、きっとグレゴリーは家じゃなくあそこにいるんだと思った。だから、そこへ向かってみたら……いたのはグレゴリーじゃなかった。ウィンストンだったのよ」

彼女はここで口をつぐんだ。大きな目鼻立ちの顔の筋肉が、心の動揺を必死に抑えようとしていた。「あの馬鹿みたいな場所で、肘かけ椅子に座って新聞を読んでいたの」話は続いた。「あたくしが思わず名前を呼ぶと、ぴょんと跳んで立ち上がった。あたくしが驚いたのと同じくらい、あたくしを見て驚いたんでしょうね。

しばらくのあいだ、あたくしたちは立ち尽くして、互いの顔を見つめていた。そうしたら、『さて、ケイト、ばれてしまったな。どうするつもりだ』と訊いてきたの。

まだわからないとあたくしは答えた。あなたがどうなさるつもりかによるわね、と。ウィンストンはそれを笑い飛ばし、何もするつもりはないって言った。世間的には死んでいるんだからこのままでいるさ、お前だろうが誰だろうが、わたしを生き返らせることはできないからなって言ったのよ。

それを聞いてあたくしがどう返事したのか、詳しくは憶えていない。でもきっと、警察に言うと脅したんでしょうね。ウィンストンは、『警察にでもなんでも言え。お前に証拠は出せまい。そのころにはわたしはまた消えているだろうからな。グレゴリー・ノーランがわたしは一年前に死んだと証言してくれる。お前がどう訴えようとな』と答えた。

そのあとウィンストンは、これまでの経緯《いきさつ》を話し始めたの。さも意地悪そうに得意満面でね。ウィンストン・フラッグという男を知らなければ、おわかりにならないでしょうけど。始めの部分は、昨日《きのう》グレゴリー・ノーランがあたくしたちに話したのと同じだったわ。でも、グレゴリーがとうとう話せなかったことがあった――あたくしが話せないようにしてしまいましたから。ウィンストンが結婚しようとしていた女――本物のジョン・ブランドンが自殺したあとにブランドンの名でウィンストンが結婚した女は、今キャロル・ブランドンと呼ばれているということをね」

「ええ」彼女が再び口をつぐんだので、わたしは言った。「それはわたしも知っています。フラッグの名で埋葬された男がフラッグとは別人だとわかったとき、トリローニーさんがそう推理したんです。ちなみに、その男の人の名前はブランドンじゃなくて、ロバート・ティールという――」

ケイト・ハットンは何も耳に入っていないかのように、かまわず続けた。

「ウィンストンはその話をすると、大声で笑って『わかったかい、ケイト。自業自得とはまさにこのことじゃないか』と言ったのよ。『最初からキャロルとわたしの結婚を邪魔しようとしなければ、こんなことにはならずに、お前もこれまでどおり生活費を受け取れたのにな。だが今となっては、お前はわたしの恋路を引っ掻きまわそうとして失敗したばかりか、自ら収入源まで断ってしまったんだよ。死んだ男から離婚扶養料はもらえまい』

そう言ったときの得意満面の意地悪そうな顔を見たとたん、あたくしの我慢は限界を越えました。自分が何をしているのかほとんど意識のないまま、コートのポケットに入れていたこのリボルバーを取り出して、引き金を引いたのよ」

彼女はこのとき、わたしに聴かせるためというより、自分自身が苦しみから解放されるために話していた。秘密を明かすことで心の重荷を下ろそうとする心理の表れだった。そして、彼女の話が続くかぎり、わたしの身は安全だ。充分に長く続いてくれますように！

「自分のしてしまったことに気づいて、恐怖から逃れようと踵を返すと」彼女の話は続いた。「ミス・パイパー、あなたが立っているじゃないの。霊廟の扉から一〇〇フィート（約三〇メートル）と離れていないところにね。最初は、何もかも見られてしまったと思った。口封じにあなたのことも撃たなければならないと思ったわ。そしたら、あなた、目をつぶってるじゃないの。いきなり大きな音がして驚いたとき誰もがそうするような顔でね。だから、あたくしはリボルバーを下ろして、忍び足で暗がりを奥へ進んだの。最初に思ったとおりのことをしておいたほうが、あたくしにとってはよかったかもしれないわね。

墓地のはずれまで来ると頭の中がだんだんはっきりしてきて、あたくしはグレゴリー・ノーランに会いに行くつもりだったのを思い出した。会いに行っていないとわかれば、ウィンストンの死体が見つかったとき、まず、あたくしが疑われてしまう。だから仕方なくグレゴリーの家へ行ったのよ。そうしたら、ほんの数分前に霊廟へ向かったと言われて。そのあと、ウィンストンの死体が消えたと聞いたとき、グレゴリーが始末したにちがいないと思ったわ」

「どう始末したか、見当はついたんですか？」わたしは彼女に話を続けさせるためだけに質問した。

「いいえ、まったく。あの日の夜、あなたに言ったように、ケガしただけでありますようにとひたすら願ったわ。でも、そうでないことはわかっていました。次の日、墓を掘り起こすのをやめてほしいと言ったのは、埋葬されているのがウィンストンでないとわかるのがいやだったからよ。暗にウィンストンが死んでいないのを意味することになって、遺産を要求してきたのが無駄になってしまうでしょ。そうしたら、あの人たちが見つけたのよ……」

その声はしだいに弱々しくなり、ついに消え入った。自分が殺した男の身元を確認するよう求められたときの、墓地でのあの恐怖の瞬間が頭の中に蘇《よみがえ》ったにちがいない。彼女は再び話し始めたが、このときは、そろそろ終えなければならないと気づいたらしく、先ほどより早口になっていた。

「万事うまくいくと、しばらくは考えていたわ。最後に死んだのがウィンストンだとわかったのだから、ジョン・ブランドンを相続人にした遺言状は認められないだろうと思ったのよ。キャロル・ブランドンは自分の結婚相手がブランドンと名乗るウィンストンとは知らなかったから、ウィンストンの二番目の妻として遺産を要求することはないとわかっていましたからね。そうしたらグレゴリーがこの家にやってきて、ミスター・トリローニーに問いただされると、自分の身を守るために何もかも話し始めた。

そのとき、あたくしは気づいたのよ。最初から気づいておくべきだったことを。グレゴリーもウィンストンの二回目の結婚について真相を知っていたのだと。グレゴリーが話せば、あたくしは当てにしていた一切を失ってしまう。

書斎でグレゴリーの話を聴いていた位置から、階段の下のあの椅子に座る彼の姿が見えた。殺人者に疑われて否定しているときでさえ芝居じみてたわね。丈の高い背もたれにもたせかけた頭を狙うかのように、あの男の上にピストルがあった。

そのとき、手遅れになる前にあの男を黙らせる方法が不意に浮かんだの。ミスター・ブレークの度の強い虫眼鏡が、横にあった机の上に置かれていた。午後の眩《まぶ》しい太陽の光が一筋、あたくしの背中側の窓から射し込んでいて、階段に沿って斜めに、グレゴリー・ノーランが座っていたまさにその場所まで伸びていた。

あたくしは虫眼鏡を取り上げて、扉のところへ行った。そのときにはモートン先生がミスター・ブレークの寝室から出てきていて、階段を半分ほど下りたところに立っていた。けれども、あたくしには背を向けていたし、グレゴリーの話に夢中で耳を傾けている様子だったから振り返ることはなさそうだった。それに、階段の下にいたあなたがたの誰かがたまたま目を上げたとしても、モートン先生の体があたくしを隠してくれていた。

ぶれないように虫眼鏡を扉の枠に押しつけて、何回か位置をずらして試したあと、ピストルに込めてあった弾薬の剝き出しの部分にうまく太陽の光を集めることができた。グレゴリーがキャロル・ブランドンに、あんたが結婚したのはウィンストンだって言おうとした、まさにその瞬間、弾は飛び出たのよ」

話はこれでおしまいとでもいうように、彼女はいきなり口を閉じた。なんとか彼女に話を続けてもらわなくてはと大慌てで質問を考えたが、わたしの頭の中は空っぽだった。

「そ、それで終わりですか？」わたしは最後の悪あがきで、こう言った。

「そうよ」彼女は答えると、ベッドの端から立ち上がった。「あたくしは自分の約束を果たしたわよ、ミス・パイパー。次はあなたの番」

わたしもどうにか立ち上がった。両脚が煮詰め足りないゼリーになったように思えたけれど。トリローニーはまだ来ないのだろうか。もしかしたら検死官に退出させてもらえず、このまま来ないかもしれない！　そうだとしたら、わたしは自分の才覚だけを頼りにケイト・ハットンの隙を見つけ、銃を手放させなければ。だが、この状況では、それをやりおおせる場面すら想像できない。

「わかりました」わたしは言った。「虫眼鏡は書斎の机の引き出しに入っています。わたしが取ってきましょうか？　それとも、あなたが行きますか？」

「あなたが取ってきてちょうだい」彼女は答えた。「でも、あたくしも一緒に行きます」

彼女は脇に一歩寄って、わたしを先に部屋から出した。そして、書斎に向かって廊下をよろよろと進み始めたわたしの後ろにぴたりとくっついた。わたしが横を通ったときの、その形相の恐ろしかったこと。虫眼鏡を手に入れたとたんわたしを始末するなんてことはないだろうと思った瞬間があったとしたら、そんな思いは吹き飛んでいた。

生死の瀬戸際に立たされたとき、人間の考えることは滑稽だ。心臓発作が起こったふりをしていきなりバタンとわたしが床に倒れたら、この人はどうするだろうか。いやきっと、楽にしてあげるわとばかりに、一発ぶち込むのがオチだろう。この作戦はやめておこう。次に思いついたのは昔ながらの「後ろを見て！」作戦だったが、これも成功しないのはわかっていた。なぜって、わたしも彼女も同じほうを向いていたのだから。

書斎の扉までやってきてようやく、何かしら効果のありそうな策が思い浮かんだ。そこで、わたしは不意に足を止め、微《かす》かな音でも聞こえてくるかのように耳を澄ませるふりをした。

ケイト・ハットンも足を止めた。でないと、わたしに衝突してしまうからだ。

「どうしたの」鋭い声で彼女は訊いた。

「なんでもありません」とわたしは答えたが、相変わらず音に集中している素ぶりでその場所から動かなかった。そして今度は、少しだけ振り向いた。一つには、彼女の様子を見るため、一つには、気になる音が階段の下から聞こえてくると彼女に思わせるためだった。

この策略は功を奏した。彼女は一瞬、わたしから目を離し、階段の下り口のほうへ半歩だけ足を向けた。

このわずかな瞬間が、わたしの求めていたすべてだった。カンガルーも顔負けのひと跳びで書斎の扉を通り抜け、バタンと背中で閉めると、部屋の内側の錠前に差し込んであった鍵――神と、日ごろのヘレンの整理整頓に感謝！――を回した。まだ背中を扉に押しつけているあいだにケイト・ハットンのリボルバーの銃声が轟き、わたしの耳から三インチ（約七・六センチメートル）と離れていないところの羽目板の一枚を弾丸が引き裂いた。

「この扉を開けなさい、おバカさん！」彼女はわたしに向かって絶叫した。

わたしは答えなかった。今の一発で死んでしまったと思わせよう。そうすれば、満足して立ち去るかもしれない。

だが明らかに、そんなことは思っていなかった。

「なら、よろしくてよ」彼女は言った。「錠前を撃ちますから」

こうして語れば、まるで西部開拓時代のショーの一場面か何かのように聞こえるかもしれない。だが当人にとっては、まったくもってそんな雰囲気ではなかった。わたしは扉の横の壁に背中をつけ、錠前を撃ち抜くには何発分の弾が必要だろうかと考えていた。もしあるだけ使ってしまったら、最終的に扉が開いたとしても、わたしを撃つ分は残っていないはずだ。

またも銃声が響いた。鍵が錠前から飛び出し、部屋の真ん中まで飛んでいって落ちた。次に彼女は、全体重をかけて扉に体当たりした。扉はガタガタ揺れたものの開くことはなかった。わたしはこの上なく安堵した。

さらに二発が鳴り響き、錠前の上と下の木材が砕けた。もはや神に祈るしかなかった。わたしは自分がこんなに表情豊かだとは知らなかった。

ケイト・ハットンがまたも扉に体を叩きつけた。扉はみしみしと音をたてたが、なお閉まっていた。だが、もう一度こんなふうにぶち当たられようものなら、先ほど裂けた羽目板はもちこたえられないだろう。

これが最後の攻撃とばかりに弾みをつけるため、彼女が階段の下り口のほうへ二、三歩後ずさりするのが聞こえた。だが、その攻撃は未遂に終わった。

代わって、いきなり聞こえてきたのは彼女の悲鳴だった。恐怖が半分、出端を挫《くじ》かれた憤慨が半分の悲鳴だった。ここで、ブーン巡査部長の野太い声がした。

「観念なさいな、あなた、釘を嚙み砕いたりせんでくださいよ。こっちも手荒な真似はしたくないんでね」

次の瞬間、何かが激しくぶつかって、扉が勢いよく開いた。よろよろと書斎に入ってきたのはケイト・ハットンでなく、トリローニーだった。

彼を見るや、わたしは緊張から解き放たれるあまり感情を怒りにしてぶちまけた。「なんなの」わたしは彼に向かって吠えた。「時間どおりのお出ましってわけかしら。あなたを当てにしてたら、二回も三回も殺されるわ」

そのあとなんの前触れもなく、わたしは両膝がぐにゃりと曲がるのを感じ、床が一気に迫ってきた。だが、床より早くトリローニーがわたしのもとへやってきた。

「ピーター、頼む、待ってくれ!」文字どおりわたしを支えながら、彼は懇願した。「女性が気絶したときの対処法を知らないんだ」

第二〇章　一件落着

事件の最終的な解決につながった細かな点について知ったのは、その日の夜になってからだった。トリローニーが〈幽霊の館〉にやってきて教えてくれたのだ。警察署でケイト・ハットンがすっかり白状したので、わたしたちは検察側の証人として大陪審に出廷しなくてもいいということだった。

「ああ、それだけでもよかったわ！」ヘレンはトリローニーの話を聴くと、思わず叫んだ。「だってわたし、あの悲運の女性がなんだかかわいそうで。実際の話、ウィンストン・フラッグが煽《あお》ったりしなければ、そもそも彼女だって引き金を引くことはなかったと思うの。グレゴリー・ノーランについては……そうね、多かれ少なかれ自分を守るために仕方なかったんじゃないかしら」

普段ならヘレンの心の広さに感心し共感するところだが、今回ばかりはそうはいかなかった。

「第三者の立場から公平な目で見ることができれば、あなたがそう言うのも理解できると思うけど」わたしは淡々とした口調で返した。「でも、悲運の女性の三番目の犠牲者候補に選ばれた身としては、心から納得するのは無理」

トリローニーが深く後悔している顔をした。

「今日の午後のことを考えると、僕はあと二年は自分を責め続けるよ、ピーター」彼は言った。「犯人だとわかった昨日《きのう》の時点で、何かしら理由をつけて彼女をこの家に近づけないようにしておくべきだった。正直なところ、こんな事態になるとは予想すらしなかった。言い訳にもならないが」

「でも、あの人のことだから、きっと何がなんでもここに戻ってきて――」と、わたしはさして深く考えるでもなく言いかけてから、彼の言葉の意味を完全に理解し、目を見開いた。

「なんですって！」と、わたしは絶叫した。「二人を殺したのがあの人だって、昨日のうちからわかってたの？」

「ああ、そうだ」彼は答えた。「君もそう疑い始めていると思ってたんだがな。三番目の遺言状の内容は僕たち以外に誰も知らないことをテンプルトン君と僕に思い出させてくれたのは君だったじゃないか」

どうしてわたしが疑い始めていたことになるのかよくわからなかったが、そんなふうに言われると、なんとも自分が間抜けになった気分だった。

「いいえ」わたしは正直に言った。「今日の午後、検死法廷で、昨日の事件の場面を頭の中で再現してみるまでは、あの人が怪しいなんて考えてもみなかった。グレゴリー・ノーランが話の途中でピストルを指差したとき、銃身の上で太陽の光が一個の点になって、まるで何かに反射してるみたいにチラチラしていたのを、そのとき思い出したの。それで、ビルの虫眼鏡がたしか二階の書斎にあったなと、はっと気がついた。フラッグが殺された夜にケイト・ハットンが弄《もてあそ》んでいるのを見てたから。そうしてすべてがつながったんだけど、あの遺言状が犯行の動機だったなんて考えたこともなかった」

「ちょっと待ってください」ビル・ブレークが割って入った。「話を整理してもらえませんか。例の遺言状の中身についてはピートから聴きました。たしかミス・ハットンでなくミセス・ブランドンが相続人になっていたのですよね。それにしても、いやはや！　二人も殺すことにどうつながるのか、さっぱりわからない」

「重要な点は、ミス・ハットンが遺言状の内容を知らなかったことにあるんです」トリローニーは説明を始めた。「知らなかった――というより、あれを自分の捜していた遺言状だと思い込んでいた――ものだから、こうなっては、キャロル・ブランドンが遺産を要求してくるとすれば、自分の夫は実はフラッグだったとわかったときだけだろうと決めてかかっていた。ミス・ハットンにしてみれば、キャロルがそのことを知らないかぎり遺産にあずかれるのは自分だけのはずだった。一方で真実が明かされれば、ミス・ハットンはすべてを失ってしまう。謎を解くカギは事件のさまざまな登場人物が知っていたことでなく知らなかったことの中に隠されていた、一つの例でした」

「わかってきた気がします」ヘレンは懸命に頭を働かせているような表情で言い、それから、こう続けた。「それにしても、ケイト・ハットンがお金欲しさだけで人を殺したとは、どうしても思えないんです。前の旦那さんが挑発したせいであんなことになった気がしてならないわ」

「きっとそうなんでしょう、ミセス・ブレーク」トリローニーは否定しなかった。「少なくとも、ある程度までは。ケイト・ハットンは明らかに欲求不満《フラストレーション》の状態でした。フラストレーション状態の人間はこれ以上耐えられないところまで追い込まれると、ほぼ確実に二つのうちのどちらかの反応を示します。心の弱い、劣等コンプレックスのタイプの場合は、ときに自殺を選択してしまいます。一方で、我の強いタイプだと、フラストレーションの原因とみなした対象を結果も顧みず攻撃する。ミス・ハットンがどちらのタイプに属するか、彼女の行動を見れば、みなさん、もうおわかりでしょう」

「専門家が言うところの、犯罪における心理学的証拠ってわけね」トリローニーがひと呼吸置いたので、アルシーアが言った。

彼は頷《うなず》いて、取り出した紙巻きタバコに火を点けた（このヘレン・ブレークのお屋敷で、彼が愛用しているようなパイプを吹かせば暴力沙汰を招きかねないと本能が警告したのだろう）。

「そうです」彼はマッチを擦りながら答えた。「僕に言わせれば、それこそが唯一の真に信頼できる証拠なんです。状況証拠では道を誤るおそれがある。証言を直接得たとしても、証言者の勘違いの場合もあれば、偽証の場合もあります。ですが、あらゆる要素を注意深く考慮することを怠らなければ、心理学的見地に立った証拠は決して嘘をつきません。

もちろん、心理学的証拠だけでは充分ではありません。動機と機会を明確にしたうえで、これらと心理学的証拠を結びつける必要があります。なおかつ、この三点ともが、一定量の物的証拠によって裏づけられなければならないのは言うまでもありません。なぜなら、一般の陪審員は心理学については素人《しろうと》ですからね。しかし、今回の事例では、最初の事件が他殺と断定される前から少なくとも一つの物的証拠――いや、少なくとも状況証拠と言うべきかな――が明確にありました」

「なんなの、それ」わたしは興味津々で質問した。

「ケイト・ハットンには、フラッグが死んだ夜のアリバイがなかった」彼は答えた。「これは君のおかげだよ、ピーター。あの夜のことを時間の流れに沿って詳しく書き留めておいてくれたからね」

彼は二日前にわたしが手渡した、鉛筆で走り書きしたメモ用紙を取り出し、それを見ながら話し始めた。

「このメモによると、ミス・ハットンは八時半ごろグレゴリー・ノーランに会いに出かけたが、九時五〇分近くまで戻ってきていない。彼女の話に基づくなら、二ブロック先のノーランの家まで歩いていって、使用人頭にご主人様は外出中ですと言われ、またここへ戻ってくるのに一時間と二〇分近くかかったことになる。これだけ時間がかかるとはとても信じられなかった。たとえ逆立ちで往復したとしてもね。往復の時間を差し引いたそのあいだ、いったい彼女は何をしていたのかという疑問が湧いた。

つまり、彼女には機会があったことになる。その夜の行動に関して嘘をついたために、状況の観点から疑惑が生じ、彼女をシロと言いきれなくなった。だが、その時点では、このことはあまり深く考えなかった。被害者が誰なのかわかっていなかったからね。

しかしわかったあとでも、正直なところ、彼女が飛び抜けて怪しいとは思わなかった。殺人の機会はあったとしても、死体をあんなふうに始末するはずはない。あれはノーランの仕業――あとから判明したとおり――に思えた。だが、ノーランとケイト・ハットンの共謀は想像できなかった。あの二人は互いを猛烈に目の敵にしていたんだよね。だから、彼女が犯人の可能性はいったん脇に置いて、別の方面に目を向けることにした」

「そうして、キャロル・ブランドンに目を向けたわけね」わたしは先回りして言った。

「ああ、そのとおりだ。夫のジョン・ブランドンは実はウィンストン・フラッグだと彼女が気づいていたとしたら、あるいは、三番目の遺言状では自分がフラッグの相続人になっていることを知っていたとしたら、キャロル・ブランドンには彼を殺す動機があったことになる。しかし、遺産をめぐる法廷争いから手を引いたらどうかと僕がもちかけると、彼女はすんなり同意した。これで、彼女は何も知らないことが証明された。この持ち札なら自分に分があると内々にわかっているとき、誰だって自らその札を捨てたりしないよね。

こうなると、次に僕が目を向ける相手はグレゴリー・ノーランだった。彼が殺《や》ったとは思わなかったが、彼は話していること以上にもっと何か知っているはずだと確信していた。そこで、ミセス・ブランドンが遺産の要求を取り下げるつもりだと聞いたらどんな反応をするか確かめることにした。それに加え、ブーン巡査部長が彼を殺人容疑で逮捕する手続きをすでに済ませていたから、逮捕となれば、彼ももっと話す気になるだろうと期待した」

トリローニーはここでひと呼吸置き、紙タバコの灰をトントンと落としてから話を再開した。

「この二つの作戦が功を奏したのは、みなさんご存じのとおりです。けれども彼がこの屋敷にやってくる前から、僕は、やはりケイト・ハットンが犯人ではないかという最初の考えに戻りつつありました。そして二つ目の殺人が起こると、またもや考えが揺らいだ。というのも、あの女性が元夫を殺す動機は山のように浮かんでくる一方で、ノーランを撃った納得のいく理由は思いつかなかったんです。そんなとき、ピーター、君が遺言状について言及し、その瞬間、全貌がはっきり見えたんだ」

「わたし、自分の知らないうちに謎を解く特技をもってるようね」これがわたしの感想だった。「頭脳明晰な証拠なのかな、それとも、その逆の証拠なのかな」

彼はくすくす笑った。

「ピストルの中の弾薬に引火させるのに虫眼鏡を使ったことを突き止めたときは、自分もなかなかやるなと思っただろ」と、トリローニーは痛いところを突いてきた。「そしてその閃《ひらめ》きがなければ、ケイト・ハットンは無罪放免になっていたはずだ。ノーランの殺害方法が証明されないかぎり、彼女は機会がなかったと主張して、お咎《とが》めなしになったにちがいないからね。そういうわけで、この事件は初めから終わりまで君の働きが大きかった」

トリローニーが話し終えると、しばしの沈黙があった。すると、ビルがこんな質問をした。「事件が解決した今、フラッグの遺産は誰の手に渡るんでしょう。ケイト・ハットンですか、それともキャロル・ブランドンですか」

「ミセス・ブランドンがすべて受け取るでしょうね」トリローニーは答えた。「作成日をごまかしていたとしても、三通目の遺言状は文句なしに有効ですから。フラッグの死がついに確実になったので、テンプルトン君が時機を見て、あの遺言状を検認裁判所に提出するでしょう。しかし、あれがなくても、フラッグの二番目の妻として相続するはずです。一方でケイト・ハットンは、最初はあったかもしれない権利をすべて失ってしまいました。有罪が確定した人はその罪によって生じた利益を得ることはできないと法律で定められていますからね。実に皮肉な話です」

わたしたちはみな、まったくそのとおりだと頷いた。

と、アルシーアが突然、ぶるりと小さく体を震わせた。

「あのね」彼女の声は恐れ慄《おのの》いたような調子になっていた。「ちょっと思い出したことがあるの。ピート、憶えてる？　ここに到着した日の夜、モード・タトルさんがケイト・ハットンの運勢を占って、カードは死を予言していたって、あとからわたしたちに教えてくれたでしょ。わたしたち二人ともケイト・ハットンが死ぬのかしらとばかり思ってたけど、違ったのね……逆だったのね！」

「そう、そう、忘れてた！」大声を出したのはヘレンだった。彼女はぴょんと跳び上がると、応接間から走って出てゆき、数秒後に手紙を持って戻ってきた。

「今日の午後遅く、これが届いてたの」そう言いながら、彼女は封筒の中身を引っぱり出した。「モード・タトルさんからよ。読むから聴いていてね」

ヘレンは手紙の前半にざっと目を通し、捜していた個所を見つけると、声に出して読み始めた。

「〈幽霊の館〉をめぐって起こったとんでもない出来事について、ラジオのニュース番組でちょうど聴いたところです。それで、ぜひともお伝えしておきたいと思いましたの。怪談じみて馬鹿げているのは重々承知ですけど。二、三日前の夜、ミス・ハットンの運勢を占いましたでしょ。あのときカードには、あのかたが人を殺す運命にあると出ていたんです。だからといって、何の証拠にもなりませんわね、わかっていますよ。けれどもこのことが頭から離れなくて、ともかく、あなたにお伝えしておこうと思いましたの。どうぞ、みなさんで好きなだけお笑いになってちょうだい。言われなくても、そうしていらっしゃるわね」

だが、ヘレンが手紙をたたんで封筒に戻すあいだも、あえて笑おうとする者はいなかった。

「なるほど」ビルがいかにもこの空気をさりげなく吹き払うように、こんなことを言ってのけた。「新しいタイプの証拠の登場ですね、ミスター・トリローニー。心理学的に見た証拠ならぬ、種も仕かけもない超能力で見た証拠ってわけです」

トリローニーは笑みを浮かべた。

「そのようですね」と彼は答え、それからわたしのほうを向いた。

「ところで、ピーター」彼は言った。「ケイト・ハットンが残らず自白した今となってはたいして重要じゃないんだが、例の虫眼鏡はどこに隠したんだい？　今日の午後は慌ただしかったから教えてもらっていないよね」

「あ、そうだった！」わたしは思わず大声をあげ、「虫眼鏡のこと、すっかり忘れてた」と言うと、気でも触れたように忍び笑いが止まらなくなった。

「何がそんなにおかしいのよ」アルシーアが怒ったように言った。「ピート、虫眼鏡はどうしたのよ」

「隠したの」わたしは答えた。「あの人が絶対に捜さないだろうと思った場所――本人の寝室に。タンスの真ん中の引き出しで、あの人の上等のネグリジェに優しく心地よく包まれてるよ」

訳者あとがき

本書はアメリア・レイノルズ・ロング（一九〇四～一九七八。米国ペンシルバニア州生まれ）が一九四一年にフェニックス・プレス社より発表した *4 Feet in the Grave* の全訳です。底本には一九四五年刊行のバーソロミュー・ハウス社版を使用しました。

本作品は、犯罪心理学者エドワード・トリローニーと若手のミステリ作家キャサリン・パイパー（通称、ピーター）のコンビが事件を解決するシリーズの二作目です。トリローニーとピーターとの出会いや本書冒頭で言及される〈羽根ペン〉倶楽部についてはシリーズ一作目の『〈羽根ペン〉倶楽部の奇妙な事件』（論創海外ミステリ二六二）をぜひお読みいただきたいのですが、ここで簡単に登場人物の紹介をします。

語り手であるキャサリン・パイパーは大学卒業四年目のミステリ作家。背後から「坊や」と声をかけられることもあるショートヘアーで好奇心旺盛の女性です。ピーター（あるいはピート）のあだ名はマザーグースの童謡に出てくるピーター・パイパーが由来です。アルシーアとジョージのレイバーン夫妻が立ち上げた会員一〇人ほどのアマチュア文筆家の同好会〈羽根ペン〉倶楽部に、大学卒業の年に入会します。本作品で占いを披露するモード・タトル夫人は倶楽部の年長者の一人で、美しい詩を書く詩人です。

エドワード・トリローニーはフィラデルフィア郡検察局の特別捜査官で犯罪心理学者。アイルランド系の赤毛で長身の男性です。魚釣りに来ていた森の中でタバコの火を借りたのがピーターとの出会いでした。

本シリーズは、若者たちが主人公の海外テレビドラマ、あるいは青春もののB級映画のような展開が特徴です。今回の作品も、いわゆる事故物件が舞台だったり、ピーターたちが新聞記者になりすまして事件に首を突っ込んだりと軽さは否定できません。

近ごろ、男言葉、女言葉について話題にされることが多くなりました。男性のセリフに「〜だぜ」、女性のセリフに「〜だわ」を使うのはいかがなものかという議論です。その意味では、本作品の訳は悪い見本かもしれません。ただ、訳者としては、数十年前に夢中になって観ていた海外テレビドラマシリーズの少々大袈裟で、ときにコミカルな言葉遣いの日本語吹き替えと、ピーターたち登場人物の会話をどうしても重ねたくなってしまうのです。風潮に逆らっているのを感じながら、ちょっと男まさり（この言葉も歓迎されません）のピーター、おしゃべりで世話好きの友人たち、ずんぐりむっくりの巡査部長、大富豪のかつての妻といった人たちの個性を際立たせるために、また一九四〇年代という時代のイメージもあり（配偶者を「主人」、「旦那さん」と呼ばせたのも時代を意識しました）、少々大袈裟な男言葉、女言葉に頼ってしまいました。議論のあるところなのは重々承知で、また紋切り型だと感じる読者がいるのも覚悟しながら、登場人物のセリフから彼らの風貌が頭の中に自然と浮かび物語が少しでも色鮮やかになってくれればと願っています。いかに時代の雰囲気を出し、いかに登場人物の個性を表現するか、その方法をこれからも模索していきたいと思っています。

ロングが本シリーズを執筆していたのは三〇歳代半ばから後半にかけてですが、ミステリ作家であるピーターと二〇歳代の自分とを彼女が重ね合わせていたことは明らかです（写真を見るかぎりロングもショートヘアー）。本シリーズ四作目『誰もがポオを読んでいた』（論創海外ミステリ一八六）ではピーターが大学院に通い始めるのですが、名称は変えているもののロングの母校であるペンシルバニア大学が舞台です。複数のペンネームを使って（なかには男性名のものも）さまざまなジャンルの作品を残しているロングですが、自分の分身を主人公としたこのシリーズはきっと自身のお気に入りだったにちがいないと勝手ながら想像しています。友人たちに囲まれ活発に過ごした二〇代を回顧しながら筆を進めるロングに思いを馳せ、楽しく訳出作業を進めました。

本シリーズは全部で四作品あり、未邦訳はあと一冊となりました。シリーズ完訳を目指したいところだったのですが、残りの一冊 *Murder Goes South* の原書の入手に至っていません。数年前、アメリカの大手通信販売会社のサイトで一冊だけ見つけたのですが、思いのほか高額で、もう少し安いものが出てきてくれないかと思っているうちになくなってしまいました。後悔しきりです。しかし、ロングの原書を探し続けるなかで、訳者にとって興味深い作品を新たに入手しました。ピーター一人が主人公のシリーズです。ここまでかと寂しく思っていたピーターとのつき合いを、もう少し続けることができそうです。もしも邦訳が叶い、読者のみなさんの目に触れることがあればこの上ない喜びです。

本シリーズ以外でのロングの邦訳には、『死者はふたたび』（論創海外ミステリ一九四）があります。本シリーズとは異なる趣で、また、「訳者あとがき」ではロングの生涯とミステリ小説にとどまらない作品が詳しく紹介されていますので、ご興味があればぜひ手に取ってみてください。

本作品の原書をアメリカで調達してくださった友部敦子氏、登場するピストルについて教示してくださった高木啓介氏にお礼を申し上げます。

ロングの作品の邦訳の機会をくださった論創社の黒田明氏、日本で未訳だったロングの作品を紹介し解説くださった絵夢恵氏、読みやすい訳文になるよう数々の指摘をしてくださった内藤三津子氏と浜田知明氏に心からお礼を申し上げます。

最後に、感染症の蔓延で互いに顔を合わせる機会はなくなってしまったものの、近況を報告し合い、励まし合ってきた「ＮＣＴＧ翻訳勉強会」のみなさんにお礼を申し上げます。

二〇二二年五月

楽しきかな、ロングの怪奇な世界

絵夢恵（幻ミステリ研究家）

1　はじめに

論創社から出版されるロングの翻訳書もなんと4冊目を迎えますが、正直なところ、このマイナー作家の作品がこんなに次々と紹介されるとはまさか夢にも思わなかったわけです。しかも、解説は、最初の『誰もがポオを読んでいた』と二度目の『死者はふたたび』の際に書きたいことをほぼ書き尽くしてしまいましたから、三度目の『〈羽根ペン〉倶楽部の奇妙な事件』の際にはお断りをしていたのですが、さすがにこの分野は引き受け手が乏しいようで、恐縮ながら三度目の登場となってしまいました。「アメリカンB級ミステリの女王」としてのロングの立ち位置や作風、その活躍の舞台となった貸本出版社フェニックス社については、『誰もがポオを読んでいた』の解説をお読みください。

なお、折角の機会ですので、訂正を一つ。『誰もがポオを読んでいた』の解説中で、「SFマガジン一九六二年二月号に掲載された『オメガ』は、これまでわが国で唯一翻訳された作品である。」と記載してしまいましたが、実際には、もう一作『沈んでゆく』が、「SFマガジン」一九六二年一〇月号に掲載されていました。謹んでお詫びいたします。

2　本作について

私が本作を最初に読んだのは二〇年くらい前のことかと思いますが、その際の印象は、「トリローニーものだが、今回はパイパー嬢の活躍が目立つ。一年前に血みどろの惨劇が繰り広げられた幽霊屋敷に招かれたパイパー嬢は、早速、被害者の幽霊の洗礼を浴びるが、やがて見知らぬ男の死体を発見し、警察に通報するやその死体は消失する。過去の殺人の謎を解くために墓を暴くと墓の中からは予想どおり……。その後も鍵を握ると思われた俳優を目掛けて、壁に掛けられた拳銃が突然火を噴く。過去の殺人を巡るトリックは実に良くできてはいるが、結末の付け方が雑で無理も目立つ。まあいつも大傑作とはいかないだろう」というものでした。正直、他の作品と比べて、好ましくなく感じたわけですが、今回、赤星氏の流暢な訳文で読み直すと印象がだいぶん変わり、評価がかなり上がりました。それはなぜなのでしょうか。

原書米初版 PHOENIX 社のジャケット画像（右）と米 BART HOUSE 社版ペーパーバック（左）

　原書での初読時に私が感じた不満は、①パイパー嬢の1人称による語り口が、その昔、ラインハートやエバーハートによって流行したＨＩＢＫ派（Had I but known。もしも知ってさえいたら）の匂いを強くただよわせていること、②ロングの特徴である扇情的な連続殺人の波状攻撃が本作では見られず、実は殺人が後半部まで起こらないこと、③死亡の前後に絡めての遺言書の有効性や相続の可能性が中心的な話題になるところ、微妙な表現ぶりが続き、読み流しスタイルでは理解が困難な上、法解釈の整合性が取れていないように感じられたこと、④被害者の正体に関わる解釈が複雑に行ったり来たりするため、読解が困難なこと、⑤真犯人の正体や行動がご都合主義的に見えることといった点でした。

しかし、訳文できっちり読み直すと、①はＨＩＢＫ派的な部分は主に冒頭部に限られていて、パイパー嬢の一人称にはそれなりのメリットもあり、②は当初から変な期待（笑）をしなければ、むしろ真っ当なミステリとしての骨格をしっかりと持っているともいえ、③と④はきちんと読めば、理解可能であり（③の相続の可否を巡る点には未だ疑問符が付く部分もありますが）、⑤はある意味、ロングらしいと割り切り可能です。二〇年ぶりに、もやもや感が晴れたという意味では、訳者の赤星氏に感謝するばかりですね。

3　ロングの怪奇な世界

本作では、幽霊屋敷に出没する犠牲者の幽霊、占い師による死の予言、霊廟での死体の発見と消失、さらには一年前に死んだはずなのにフ、レ、ッ、シ、ュ、な、ま、ま、発見された死体、壁に掛けられていて誰も触れていない拳銃による衆人環視の中での射殺といった怪奇味あふれるエピソードが続発します。これらのテーマはよく考えると、ディクスン・カーの作品の焼き直し的なものばかりのような気もしますが、それ相応によく出来ていますし、合理的な解決が付されており、肩透かし感はありません。その中でも、「誰も触れていない拳銃による衆人環視の中での射殺」は不可能犯罪テーマと言ってよいものであり、当然、Robert Adey 氏の名著 Locked Room Murders に載っていてもおかしくないものですが、ロングの作としては『誰もがポオを読んでいた』、Murder by Magic、The House with Green Shudders の三作が取り上げられていたのみでした。ところが、二〇一九年に出版された Brian Skupin 氏による Locked Room Murders Supplement には何と本作がきちんと追記されているではありませんか。やはり世の中にはすごい人がいるものですね。

ロングの作風について、以前に、「怪奇性たっぷりの場面設定、趣向を凝らしたフーダニット、わかりやすい（深みのない）ストーリーテリング」と記載しましたが、「怪奇性たっぷりの場面設定」という意味では、カーに匹敵する唯一のライバルというべきでしょう（近年では、フランスのカーこと、ポール・アルテがいますが）。

以下、この系統の代表的な作を年代順に紹介してみることにします。

○ Murder Times Three（1940）
一〇年前のチベット探検隊の隊長は部族の襲撃によって死亡したとされ、副隊長は帰国後、隊長の妻と再婚していたが、ある夜、中国の短剣で刺殺される。三人目の隊員や当時中国でいかがわしい仕事をしていた女の証言で、隊長の死亡は仲間の誰かの犯行による可能性が生まれるが、やがて、女も副隊長と全く同じ状態で刺殺される。隊長が生きているとの噂も広がり謎は深まる中、三回目の殺人をくい止められるのか。

○ Murder by Scripture（1942）
次作の題材集めにニューオリンズを訪れたパイパーを待っていたのはブードゥー教に由来する新興教団を巡る連続殺人。テレパシーや幽体離脱、死者の復活といったテーマを盛り込みながら、次々と築かれる死体の山には、教団側の教祖や広報官、捜査側の検事次長やその妻までもが含まれる。深夜の墓場に忍び込み、死体の確認のために棺を開けたパイパーが見たものは？　驚異の見立て殺人五重奏が炸裂するお勧め作。

○　Death Wears Scarab（1943）

何とエジプトミイラの呪いが全編に漂う怪奇作。孤児院から引き取った養子の母と名乗る女が登場したので、何とかその化けの皮を剝がしてほしいとエジプト遺宝収集家の大富豪から依頼を受けたのは、第三のシリーズキャラクター弁護士探偵ステファン・カーター。カーターは、いきなり呪いのかかったミイラの石棺の蓋に押しつぶされそうになり、九死に一生を得る。やがて、いかさま女はエジプトの短剣で刺殺され、古文書を持ち込んできた探検家が失踪する。翌日カーターが暖炉の中から発見した灰の中から見つかったのは何と人間の歯だった。

○　The Triple Cross Murders（1943）

大学病院の死体解剖室から遺体が盗まれるという怪事件を聞いたトリローニーは、病院に駆けつけるが、そこで出会った担当の医師は、その夜、自動車事故で顔面が削り取られた死体となって発見される。長年別居中だった妻は、手首の三重十字架の刺青によって身元確認を行うが、やがて町で有名な刺青師の射殺体もその頃発見され、事件は保険金詐欺を巡るきな臭いものとなる。トリローニーが遺体の指紋を採取しようとすると、真犯人は、先手を打って、霊安室に忍び込み、遺体の手首を切り取って持ち出す。さらには、容疑者の車中からは、青蠅がたかった腐乱死体が飛び出して……。

○　Murder by Magic（1947）

東洋魔術にのめり込んだ金満家の夫人は、霊魂となった愛人の声が聞こえると訴え始め、その夫は、霊魂との浮気を理由に離婚を訴えようとカーターに助けを求める。夫人に取り入った霊媒師は、密閉された棺に入ってプールに沈められ、生きたまま埋葬されるという実験を行うが、その間に夫が密室内で刺殺される。しかも、再実験の最中に霊媒師までもが溺死させられ、謎は深まる。

○ It's Death My Darling（1948）

フィアンセの祖父が一〇三歳で亡くなったことにより、葬式のためルイジアナを訪れたパイパー嬢を待ち受けていたのは、予想どおり四重殺人の雨あられ。不気味な葬式の儀礼が決められた遺言の謎に加えて、人狼伝説や死者の甦りが色を沿える。

○ Leprechaun Murders（1950）

酒に酔うとLeprechaun（アイルランドの伝説に基づく小人の妖魔）が見えると言って周りからキ印扱いされていた老人が、孫娘の幸せのためにその夫を消すように五〇〇〇ドルと引換えにLeprechaunに願をかけると、その願いどおりに夫は失踪し、やがて死体となって発見される。その後も老人の願掛けとともに起こる密室殺人。はたしてLeprechaunは実在するのか。

○ The Round Table Murders（1952）

アーサー王時代の円卓の騎士達が大活躍する。ある田舎町を走行中、女性の悲鳴と落雷のような音を聞いて、塔のある館に駆けつけたバリー教授は、何と塔の最上階で電気椅子に縛りつけられて処刑された第二のエジソンと呼ばれる電気学者の死体を発見する。アーサー王の幻の剣の鑑定のために館に集められた親族一同を前にして、死体は突然消失するが、なんとそれは、学者の趣味で館に収集されていた処刑器具を利用した四重殺人の始まりにすぎなかった。

いずれも食指を誘われますよね。しかし、実は、これらの作品、そんなに怖くないんですよ。本作や『誰もがポオを読んでいた』もそうですが、怖い設定を用いても、明るい筆調で登場人物も陽気に動き回りますから、結局は気軽に楽しく読めてしまいます。この辺りがロングの真骨頂でもあり、限界でもあるところでしょう。間違っても夜中に一人でトイレに行けなくなるなどということはありませんから、安心してどんどん読みましょう。

4　ロングは五度《ごたび》、よみがえる

ここまでロングの翻訳を刊行し続けてくれた以上は、ぜひぜひ第五弾として、パトリック・レイン(Patrick Laing)名義の盲人探偵レインものを出していただきたいものです。

雪の山荘での七連続殺人を描くIf I Should Murder(1945)でも、怪奇味の強いMurder from the Mind(1946)でもよいですから、赤星さん、パイパーものを一休みして、なんとか訳してくださいね。よろしくお願いします(笑)。

〔著者〕

アメリア・レイノルズ・ロング

1904年、アメリカ、ペンシルバニア州生まれ。別名義にパトリック・レイン、エイドリアン・レイノルズ、カスリーン・バディントン・コックス。1930年代より作家活動を始める。52年に"The Round Table Murders"を刊行してからはミステリやＳＦの執筆活動は行なわず、作詩と教科書編纂に専念。1978年死去。

〔訳者〕

赤星美樹（あかぼし・みき）

明治大学文学部文学科卒業。一般教養書を中心に翻訳協力多数。訳書に『誰もがポオを読んでいた』、『〈羽根ペン〉倶楽部の奇妙な事件』、共訳書に『葬儀屋の次の仕事』、『眺海の館』（いずれも論創社）がある。

ウィンストン・フラッグの幽霊《ゆうれい》

——論創海外ミステリ　285

2022年6月20日　初版第1刷印刷
2022年6月30日　初版第1刷発行

著　者　アメリア・レイノルズ・ロング

訳　者　赤星美樹

装　丁　奥定泰之

発行人　森下紀夫

発行所　論 創 社

〒101-0051　東京都千代田区神田神保町2-23　北井ビル
TEL:03-3264-5254　FAX:03-3264-5232　振替口座 00160-1-155266
WEB:https://www.ronso.co.jp

組版　加藤靖司

印刷・製本　中央精版印刷

ISBN978-4-8460-2143-6